हिन्द पॉकेट बुक्स

हिन्दी के सर्वश्रेष्ठ प्रेम गीत

आचार्य क्षेमचन्द्र 'सुमन' स्वतंत्रता संग्राम सेनानी, हिन्दी साहित्यकार एवं पत्रकार थे। उनका जन्म 16 सितम्बर, 1916 ई. को उत्तर प्रदेश के मेरठ जनपद (अब गाजियाबाद जिला) की हापुड़ तहसील के बाबूगढ़ नामक ग्राम में हुआ था। उनकी प्राथमिक शिक्षा गाँव के विद्यालय में ही हुई। 1928 में आप दर्शनानन्द सरस्वती की चरण-छाया में पोषित शिक्षा केन्द्र गुरुकुल महाविद्यालय, ज्वालापुर में उच्च शिक्षा ग्रहण करने के लिए प्रविष्ट हुए। बहुमुखी प्रतिभा के धनी होने के कारण सन् 1932 में आप सर्वप्रथम महाविद्यालय के छोटे ब्रह्मचारियों की आर्य किशोर सभा के मंत्री बन गए। इतना ही नहीं, उसी वर्ष आपने आर्य किशोर सभा के हस्तलिखित मासिक मुखपत्र *किशोर मित्र* के 'दीपमालिका अंक' का सम्पादन भी किया था। शिक्षा समाप्ति के बाद आपने पत्रकारिता और लेखन को आजीविका का साधन बनाया। उन्हें 1984 में पद्मश्री से सम्मानित किया गया था। 3 अक्तूबर, 1993 को आपका निधन हुआ।

AF519316

हिन्दी के सर्वश्रेष्ठ प्रेम गीत

आचार्य क्षेमचन्द्र 'सुमन'

हिन्द पॉकेट बुक्स
पेंगुइन रैंडम हाउस इम्प्रिंट

हिन्द पॉकेट बुक्स

यूएसए। कनाडा। यूके। आयरलैंड। ऑस्ट्रेलिया। सिंगापुर
न्यू ज़ीलैंड। भारत। दक्षिण अफ्रीका। चीन

हिन्द पॉकेट बुक्स, पेंगुइन रैंडम हाउस ग्रुप ऑफ़ कम्पनीज़ का हिस्सा है,
जिसका पता global.penguinrandomhouse.com पर मिलेगा

पेंगुइन रैंडम हाउस इंडिया प्रा. लि.,
चौथी मंजिल, कैपिटल टावर -1, एम जी रोड,
गुड़गांव 122 002, हरियाणा, भारत

पेंगुइन
रैंडम हाउस
इंडिया

प्रथम संस्करण हिन्द पॉकेट बुक्स द्वारा 1966 में प्रकाशित
यह संस्करण हिन्द पॉकेट बुक्स में पेंगुइन रैंडम हाउस द्वारा 2022 में प्रकाशित

10 9 8 7 6 5 4 3 2

इस पुस्तक में व्यक्त विचार लेखक के अपने हैं, जिनका यथासंभव तथ्यात्मक सत्यापन किया गया है, और इस संबंध में प्रकाशक एवं सहयोगी प्रकाशक किसी भी रूप में उत्तरदायी नहीं हैं।

ISBN 9789353495367

मुद्रक: रेप्रो इंडिया लिमिटेड

www.penguin.co.in

FSC
www.fsc.org
MIX
Paper from responsible sources
FSC® C047271

This is a legitimate digitally printed version of the book and therefore might not have certain extra finishing on the cover.

यह संकलन

कहते हैं कि हिन्दी में ऐसे प्रेमगीत लिखे ही नहीं गए, जो भाषा, भाव और सहज अभिव्यक्ति के कारण मानव-मन को गुदगुदा सकें, और वह यह अनुभव करने के लिए विवश हो जाए कि कवि ने यह बात अपने मन की न लिखकर मेरे मन की कही है। यह संकलन इसी धारणा को चुनौती देने के रूप में एक विनम्र किन्तु छोटा-सा प्रयास है।

हमने हिन्दी के जाने-माने कवियों से जब इस संकलन में सहयोग देने की प्रार्थना की, तो न केवल उन्होंने हमारे इस विचार का बड़े उत्साह से स्वागत किया, बल्कि अपनी रचनाएँ इस संकलन में समाविष्ट करने की अनुमति भी उदारतापूर्वक दे दी। हमने इस संकलन में ऐसे ही गीत लिए हैं जो काव्य-प्रमियों के अंतराल को स्पर्श कर सकने के साथ-साथ सामान्य स्तर के पाठक को भी गीत-माधुरी का रसास्वादन करने में सक्षम हैं।

इस पावन अनुष्ठान में हमें हिन्दी के अनेक वदान्य कवियों ने जो सौजन्यपूर्ण सहयोग दिया, उसीका यह परिणाम है कि हमारे पास इतनी प्रभूत सामग्री एकत्र हो गई कि 'पाकेट बुक' जैसी इस छोटे-से कलेवर की पुस्तिका में उस सारी सामग्री का उपयोग हम इच्छा होते हुए भी नहीं कर सके। जिन कवि-बन्धुओं की रचनाएँ इस संकलन में नहीं दी जा सकीं, उसका यह आशय कदापि नहीं कि वे किसी भी प्रकार निम्न स्तर की हैं। स्थान की कमी ही इसका एकमात्र कारण है। हम अपने ऐसे कवि-बन्धुओं के निकट विनम्र भाव से क्षमा-प्रार्थी हैं। आशा है हमारी विवशता पर उनका सौजन्य अवश्य ही विजयी होगा।

प्रम-गीतों का यह संकलन हमारे प्रयोग का पहला चरण है। यदि काव्य-प्रेमी पाठकों ने इस संकलन का यथोचित स्वागत किया तो भविष्य में प्रेमगीतों का एक विशाल 'संदर्भ-ग्रन्थ' प्रस्तुत करने का भी हमारा विचार है। उस ग्रन्थ में उन रचनाओं का सदुपयोग हो सकेगा, जो स्थानाभाव के कारण इस छोटी-सी पुस्तिका में नहीं जा सकीं।

अन्त में हम उन सभी कवियों के आभारी हैं, जिनके काव्य-सुमनों से यह 'गीतमाला' तैयार हो सकी है।

अजय निवास,
दिलशाद कालोनी, शाहदरा
दिल्ली-32

—क्षेमचन्द्र 'सुमन'

तालिका

अब हो गई पराई ! | 'अंचल'

अब तक प्रिय ! मैं रही तुम्हारी, अब हो गई पराई !
सुन ओ जीवन की अँधियारी, औ' प्रकाश के दाता !

भूला जाता पन्थ मुझे; अब अपना भूला जाता,
मेरे आँचल में तेरी साँसों का स्वर भर आता;
सोच रही मैं जली आज से या हूँ गई बुझाई!
अब तक प्रिय ! मैं रही तुम्हारी, अब हो गई पराई !

शेष हो गया प्राणों का सुख-स्रोत, हृदय की बातें,
मधुर जागरण—मादक निद्रा की वे क्वारी रातें,
आज शिथिल बाँहों के बन्धन चुम्बन मंत्र न गाते;
लगता यों प्राणेश ! मुझे, मैं उमड़ी; बरस न पाई !
अब तक प्रिय ! मैं रही तुम्हारी, अब हो गई पराई !

मैं पतझड़ के छिन्न बादलों की दुःख-भरी प्रभाती,
जो मधु ऋतु का स्वप्न मिटाकर स्वयं नहीं मिट पाती;
पर शोलों के इकतारे-सी, कँपती मेरी छाती;
मैं अपनी आत्मा की अर्थी लिए चली मुरझाई !
अब तक प्रिय ! मैं रही तुम्हारी, अब हो गई पराई !

अक्षमता को विवश चेतना मुझसे प्रतिक्षण कहती—
‘कैसे कुचले मन से तू खण्डित तृष्णाएँ सहती,
कर्म-तरी तू कैसे वाडव-दाह लिए यों बहती;
जब तेरे जीवन की सरिता सूखी मरु की नाईं !’
अब तक प्रिय ! मैं रही तुम्हारी, अब हो गई पराई !

लगता, तुम असीम हो—सीमित मेरी विह्वल बाँहें,
आ न सकूंगी तुम तक—मेरो रुद्ध हो गईं राहें,
अब तुम पिक का स्वर-लहरी में सुनना मेरी चाहें ;
लुटी कपोती के क्रंदन में लग्न-भ्रष्ट तरुणाई !
अब तक प्रिय ! मैं रही तुम्हारी, अब हो गई पराई !

ओ जीवन के साथी ! मैं क्या देख रही थी सपना,
हँसती निर्दय नियति रोकती, कह न किसीको अपना,
समझा रहा दुःख-जीवन में एक मन्त्र ही जपना;
रहे भूमि से ऊपर मेरे दीपक की अरुणाई!
अब तक प्रिय ! मैं रही तुम्हारी, अब हो गई पराई !

याद गहरी हो गई ! | अजितकुमार

चैत के अन्तिम दिनों में, याद गहरी हो गई !
हवा थी हल्की, खिले थे फूल उफ़, कितने हज़ार,
झूमते थे, धूप उनको चूमती थी बार-बार,

सुबह से उचटा हुआ मन, लो, दुपहरी हो गई !
चैत के अन्तिम दिनों में याद गहरी हो गई !

उदासी ऐसी, कि होंठों पर हँसी की मन्द रेख,
झलकती भी रही, मानो विधाता का गूढ़ लेख,
वाह री उजली किरन ! तू भी सुनहरी हो गई !
चैत के अन्तिम दिनों में, याद गहरी हो गई !

शाम की धुँधली छटाएँ, रात का गहरा निखार,
मैं अकेला, सामने फैला विगत सागर अपार,
उमड़ती-सी याद सहसा गीत-लहरी हो गई!
चैत के अन्तिम दिनों में; याद गहरी हो गई!

दूरवासी मीत मेरे ! | 'अज्ञेय'

पहुँच क्या तुझ तक सकेंगे, काँपते ये गीत मेरे !
दूरवासी मीत मेरे !

आज कारावास में उर तड़प उट्ठा है पिघलकर
बद्ध सब अरमान मेरे फूट निकले हैं उबलकर
याद तेरी को कुचलने के लिए थी जो बनाई—
वह सुदृढ़ प्राचीर मेरी हो गई है छार जलकर
प्यार के प्रिय भार से हैं सजल नैन विनीत मेरे !
दूरवासी मीत मेरे !

आज मैं कितना विवश हूँ, बद्ध हैं मेरी भुजाएँ,
प्राण, पर आराधना को साध को कैसे भुलाएँ?
कोठरी में तन झुके, मन विनत हो तेरे पदों में—
गीत मेरे घेर तुझको मूक हों, सुध भूल जाएँ
हाय अब अभिमान के वे दिन गए हैं बीत मेरे !
दूरवासी मीत मेरे !

आज बहुत गाने का मन है ! | आनन्द मिश्र

मेघों के घट सिर पर धरकर, वह बरखा-गूजरिया आई,
अलियों पर बरसा संजीवन, कलियों पर बरसो तरुणाई,
वेणी खोल, केश बिखराए, बिजली को मुसकान सँवारे,
तन ही क्या, मन भीगा मेरा, यह कैसी गागर छलकाई,
बौराया अम्बर दीवाना, मतवाला आँगन-आँगन है !
आज बहुत गाने का मन है !

छेड़ रही कोयलिया मन की वीणा के सोए तारों को,
'पिया-पिया' दे रहा पपीहा और जवानी झनकारों को,
बूँद-बूँद तृष्णा बन बरसी, बोल उठी गूँगी आकुलता,
हवा बावली लपट दे रही, सुधियों के इन अंगारों को,
तुमसे दूर न रिमझिम-रिमझिम, तुमसे दूर कहाँ सावन है ?
आज बहुत गाने का मन है !

दूर-दूर तक हरियाली के चंचल सागर लहराते हैं,
वल्लरियाँ ऊपर उठती हैं, तरुवर नीचे झुक आते हैं,
मन भर-भर आता है मेरा, शब्द नहीं कह पाते जिसको,
मुक्त पवन पर पंख तोलकर, यही चाह पंछी गाते हैं,
जो उमंग सरिता की धुन है, जो उमंग सागर का धन है!
आज बहुत गाने का मन है!

आओ बाँह जुड़ाकर बैठें, आओ इन झड़ियों को झेलें,
आओ मिलकर पैंग बढ़ायें, आओ इन लहरों से खेलें,
तुम केकी बनकर इठलाओ, मैं 'पी-पी' की टेर लगाऊँ,
जीवन गाते-गाते बीते; वह उमंग बरखा से ले लें,
गाओ तो जीवन यौवन है, गा न सको तो बस रोदन है !
आज बहुत गाने का मन है !

फिर घिर आए मेघ ! | आरसीप्रसादसिंह

फिर घिर आए मेघ, तुम्हारी याद लिये !
तड़प उठी फिर बिजली, एक विषाद लिये !

यह घटा तुम्हारे बालों - सी छाई है
यह हवा तुम्हारे श्वासों - सी आई है
छलका यह किसके यौवन का मधु प्याला—
इलनो मस्ती जो उठा यहाँ लाई है !

मैं बैठा हूँ जीवन में उन्माद लिये !
ये घिर आए मेघ, तुम्हारी याद लिये !

इस बदली के दिन में चुपके तुम आईं
सपने में भी बोलो तो, क्यों शरमाईं
बूँदें जो दो-चार पड़ीं चू नभ से—
लो, देखो, तत्क्षण ये आँखें भर आईं।

ये गगन-गगन में कम्पन और निनाद लिये !
फिर घिर आए मेघ, तुम्हारी याद लिये !

दुनिया में बरसात, यहाँ घर जलता
मेरे दिल को कोई निर्मोह मसलता
बेहोश बना जो छीन रहीं स्मृति अपनी—
इतना भी मेरा सुख तुमको क्या खलता ?

मैं कहाँ तुम्हें ढूँढूँगा अपवाद लिये !
ये घिर आए मेघ, तुम्हारी याद लिये !

मुरझे प्राणों का पुष्प खिला हैं जाते
प्यासी दुनिया को सुधा पिला हैं जाते
मैं भूल न जाऊँ निष्ठुरता तव जिससे—
प्रतिवर्ष मेघ ये याद दिला हैं जाते।

तुम दूर हँसीं अपना चिर आह्लाद लिये !
ये रोते हैं मेघ, तुम्हारी याद लिये !

पीर मत दो ! | इन्दुकान्त शुक्ल

तुम न दो अपने हृदय का प्यार,
यह स्वीकार, लेकिन पीर मत दो !
दो न मुझको हास - हरसिंगार,
यह स्वीकार, लोचन-नीर मत दो !

तप्त धरती बादलों की गोद में भी
रो पड़ी मंगल-मिलन के मोद में भी
और बोली कण्ठ में भर याचना-स्वर—
"मेघ मेरे, बिजलियों की मंत्रणा पर
दो न दो अमृतमयी जल-धार,
यह स्वीकार, पाहन-पीर मत दो !"
तुम न दो अपने हृदय का प्यार,
यह स्वीकार, लेकिन पीर मत दो !

जब निशा को चूमता आकाश था
और कसता जा रहा भुजपाश था
सजल रजनी ने कहा तब प्रेम-कातर—
"व्योम मेरे, नीलिमा की प्रेरणा पर
दो न मुझको तारकों के हार,
यह स्वीकार, उल्का-तीर मत दो !"
तुम न दो अपने हृदय का प्यार,
यह स्वीकार, लेकिन पीर मत दो !

पूजता हूँ देवता मैं पत्थरों में
श्वास में, विश्वास में, वन्दन-स्वरों में
किन्तु आशा है कभी प्रतिमे, हँसोगी
जन्म-जन्मातर नयन-मन में बसोगी
मत मुझे दो सिद्धि का उपहार,
यह स्वीकार, सुधि गम्भीर मत दो !
तुम न दो अपने हृदय का प्यार,
यह स्वीकार, लेकिन पीर मत दो !

लग रहीं तुम आज मदिर मनोरमा
देखकर तुमको इसीसे शशि थमा
मत्त मैं, रोए कि मेरे प्राण-निर्झर—
"देवि, तुम दुर्दैव की प्रोत्साहना पर
दो न आलिंगन, अधर-अभिसार,
यह स्वीकार, रति-ज़ंज़ीर मत दो !"
दो न दो अपने हृदय का प्यार,
यह स्वीकार, लेकिन पीर मत दो !
दो न मुझको हास-हरसिंगार,
यह स्वीकार, लोचन-नीर मत दो !

मुझे तुम्हारा बन्धन भी प्रिय ! | उदयशंकर भट्ट

मुझे तुम्हारा बन्धन भी प्रिय !

छवि से प्राण जुड़ा पाऊँ तो, मुझे नरक का क्रन्दन भी प्रिय !
मुझे तुम्हारा बन्धन भी प्रिय !

तेरी चरण-चेतना पीकर, मेरे दृढ़ विश्वास खो गए
पतझड़ की पीड़ा के धूमिल क्षण मादक मधुमास हो गए
पी छवि-बिन्दु क्षीर-सागर की सीपी ने मोती उगले हैं
जीवन यति ने स्मय का सुख पी पीड़ा के पावक निगले हैं
मुझे अमृत मिस विष उँडेलते इन नयनों का वन्दन भी प्रिय !
मुझे तुम्हारा बन्धन भी प्रिय !

नाप-नाप पदतल से जीवन, घूम रही पृथ्वी बन्धन में
ज्योति-पुंज कन्दुक छवि-धन-से घूम रहे नक्षत्र गगन में
सन्ध्या, उषा, निशा, रवि, शशि औ' ऋतुपति बन्धन में चलते हैं
कुसुमाकर की साँस-साँस में यौवन के झरने पलते हैं
स्मय की किरण धार बरसो तो मुझे गरलमय चन्दन भी प्रिय !
मुझे तुम्हारा बन्धन भी प्रिय !

कौन काल-दामिनि के तट पर, चरणांकन कर गया चितेरा
इन्द्रधनुष के बहुरंगे चित्रों से हृदय भर गया मेरा

कौन कुसुम की यौवन-गति पर चरण-ताल दे नाच रहा है
कौन लहर की स्फटिक बूँद में क्षण-भर अक्षर बाँच रहा है
रस कादम्ब-बिन्दु भी दो तो मुझे मरण निःस्पन्दन भी प्रिय !
मुझे तुम्हारा बन्धन भी प्रिय !

याद किसकी मुसकराई ? | उपेन्द्रनाथ 'अश्क'

आज मेरे आँसुओं में, याद किसकी मुसकराई ?

शिशिर ऋतु की धूप-सा सखि, खिल न पाया मिट गया सुख,
और फिर काली घटा-सा, छा गया मन-प्राण पर दुख,
फिर न आशा भूलकर भी, उस अमा में मुसकराई !
आज मेरे आँसुओं में, याद किसकी मुसकराई ?

हाँ कभी जीवन-गगन में, थे खिले दो - चार तारे,
टिमटिमाकर; बादलों में, मिट चुके पर आज सारे,
और धुँधियाली गहन गम्भीर चारों ओर छाई !
आज मेरे आँसुओं में, याद किसकी मुसकराई ?

पर किसी परिचित पथिक के, थरथराते गान का स्वर,
उन अपरिचित-से पथों में, गूँजता रहता निरन्तर,
सुधि जहाँ जाकर हज़ारों बार असफल लौट आई !
आज मेरे आँसुओं में, याद किसकी मुसकराई ?

मैंने सुधि के दीप जलाए ! | कमलाकान्त पाठक

पावस रात, घटाएँ काली, मैंने सुधि के दीप जलाए !
आधी रात आज अनजाने, सावन-मेघ बरसते आए !

इस कुटीर ने आनन धोया
विद्युत् ने है दीप सँजोया
कुछ झुके जलद, कुछ बढ़ी धरा
बूँदों ने गल-हार पिरोया

भारी पलक, स्वप्न भी टूटे, पत्ते हिले, जलद इतराए !
पावस रात, घटाएँ काली, मैंने सुधि के दीप जलाए !

किसके उर का घाव हरा है
रूप रात को जो निखरा है
बह रही हवा में स्वर-सरिता
मधुमय लय में घन बिखरा है

टूटे छत से चोरी-चोरी, चू पड़ीं बूँद, उर उकसाए !
आधी रात आज अनजाने, सावन-मेघ बरसते आए !

मिटने तक क्यों करते किलकन
परिचय ? तुम विनीत सावन-घन
प्रेम-यज्ञ की तड़ित-ज्वाल में
करते हो प्रियतम के दर्शन

बाहर तो होती है रिमझिम, भीतर स्नेह-उदधि लहराए !
पावस रात, घटाएँ काली, मैंने सुधि के दीप जलाए।

घन को दामिनि ने चौंकाया
ढका चाँद ने मुँह, खिसियाया
रजनी की काली अलकों ने
नभ-नन्दन का हास लजाया
जुगनू फूल बाण-बूँदों के, बोलो चातकि, पलक बिछाए !
आधी रात आज अनजाने, सावन-मेघ बरसते आए !
पावस रात, घटाएँ काली, मैंने सुधि के दीप जलाए !

एक मुझमें रागिनी है ! | कुँवरनारायण

रात मीठी चाँदनी है, मौन की चादर तनी है !
एक चेहरा ? या कटोरा सोम मेरे हाथ में,
दो नयन ? या नखतवाले व्योम मेरे हाथ में ?
प्रकृति कोई कामिनी है ? या चमकती नागिनी है ?
रात मीठी चाँदनी है, मौन की चादर तनी है !

रूप-सागर कब किसीकी चाह से मैले हुए ?
ये सुवासित केश मेरी बाँह पर फैले हुए।
ज्योति से छाया बनी है, देह से छाया घनी है,
रात मीठी चाँदनी है, मौन की चादर तनी है !

वासना के ज्वार उठ-उठ, चन्द्रमा तक खिंच रहे,
ओंठ पाकर ओंठ-मदिरा, सागरों से सिंच रहे ;

सृष्टि तुमसे माँगनी है, क्योंकि यह जीवन ऋणी है,
रात मीठी चाँदनी है, मौन की चादर तनी है !

वह मचलती-सी नज़र उन्माद से नहला रही,
वह लिपटती बाँह नस-नस आग से सहला रही,
प्यार से छाया सनी है, गर्भ से छाया धनी है,
रात मीठी चाँदनी है, मौन की चादर तनी है !

दामिनी की कसमसाहट से जलद जैसे चिटकता
रौंदता हर अंग प्रतिपल, फूटकर आवेग बहता,
एक मुझमें रागिनी है, जोकि तुमसे जागनी है !
रात मीठी चाँदनी है, मौन की चादर तनी है !

तब क्यों मैं ही प्रेम छिपाऊँ | केदारनाथ अग्रवाल

सागर को देखो तो प्यारी ! लहर-लहर लहराता,
हहर-हहर स्वर-रव संकुल कर, मचल-मचल उफनाता,
जबकि विभा को निरख नहीं यह, वारिधि प्यार छिपाता।
तब क्यों मैं ही प्रेम छिपाऊँ ?

रंग - बिरंगे सुन्दर - सुन्दर सरस सुमन सरसाते,
वन-वल्लरियों के आभूषण, मधुर - मदिर मुसकाते,
जबकि वायु की लोल लहर से, कुसुम न गन्ध छिपाते,
तब क्यों मैं ही प्रेम छिपाऊँ ?

आज वसन्त-विकास-हास है, उपवन हैं सरसीले,
प्रमुद आम की डाल, और वन सरसों से हैं पीले,
जबकि प्रेम के पागल कोकिल गीत प्रेम के गाते,
तब क्यों मैं ही प्रेम छिपाऊँ ?

जिन कलियों ने प्रेम छिपाया, वे झूठी कहलाईं,
जिन नदियों ने नेह छिपाया, वे सूखी अकुलाईं,
जिन आँखों ने राग छिपाया, वे रोईं पछताईं,
तब क्यों मैं ही प्रेम छिपाऊँ ?

सौन्दर्य खो गया है ! | केदारनाथ मिश्र 'प्रभात'

संसार लग रहा है पतझार की गली-सा,
विच्छिन्न तरु-लता के श्रृंगार की गली-सा;
रौंदा जिसे नियति ने उसे प्यार की गली-सा,
पीड़ा-भरी जलन के त्योहार की गली-सा;
लूटी हुई सुहागिन झंकार की गली-सा,
विषपूर्ण काल-अहि के फंकार की गली-सा;
दिन की चिता जलाकर, दिनमान सो गया है !
सौन्दर्य खो गया है !

यह रात रेंगती-सी छाया समय-विकिर की,
आकृति कलंकिनी या पापी कुटिल तिमिर की,

अथवा विभीषिका है विध्वंस के अजिर की,
या ग्लानि है समर से भागे हुए मिहिर की ?
या राख प्रार्थना के जलते हुए शिविर की,
सुषमा जहाँ बसी थी मधुऋतु-शरद-शिशिर की;
अभिशाप लील विधु को, विष-बीज बो गया है !
सौन्दर्य खो गया है !

कुछ पूछतीं लताएँ गर्जन-भरे पवन से,
कुछ पूछतीं दिशाएँ उड़ते हुए धुवन से,
कुछ पूछतीं व्यथाएँ विस्मित चकित नयन से;
कुछ पूछतीं पुतलियाँ वज्राभ आवरण से,
कुछ पूछती धरित्री तपते हुए गगन से,
कुछ पूछती प्रतीक्षा अपने अधीर मन से,
मन पूछता स्वयं से, क्या आज हो गया है ?
सौन्दर्य खो गया है !

आलोक का पुजारी आलोक में पला जो,
आलोक का सनेही आलोक में ढला जो,
आलोक की ध्वजा ले आलोक-पथ चला जो,
आलोक के शिखर पर आलोक-सा जला जो,
आलोक के स्वरों में आलोक की कला जो,
ग्रह बार-बार पिघले, अब तक न पर लगा जो,
देहात्म के नगर से, लौटा न जो गया है !
सौन्दर्य खो गया है !

मेघवा घिरे बही पुरवा ! | कैलाश वाजपेयी

पुरवा बही घिरे मेघवा
मेघवा घिरे बही पुरवा !

डबडब ढलके, नयन धुँधलके
हिया पिराया हल्के - हल्के !

ताना मार गया बिछुआ
मेघवा घिरे बही पुरवा !

बूँदी टूटी, चिनगी छूटी
बन - बन रेंगी बीर - बहूटी

पियराया सुधि का अँकुआ
मेघवा घिरे बही पुरवा !

तड़पी प्यासी देह उदासी
फिरे न घर को पिया प्रवासी

झूठा बैरी प्यार मुआ
मेघवा घिरे बही पुरवा !

कितना प्यारा चाँद गगन में ! | गंगाप्रसाद पाण्डेय

उससे प्यारा प्यार तुम्हारा, हँसता मेरे मन में
कितना प्यारा चाँद गगन में !

इन्द्र-धनुष से सुखकर सुन्दर, लगता मुझे तुम्हारा आनन
हंसों के पंखों से भी तुम, कोमल और अधिक हो पावन
परस तुम्हारा पा हैं लिखते, नये प्राण यौवन-उपवन में !
कितना प्यारा चाँद गगन में !

कल-कल का मीठा-सा यह स्वर, गूँज रहा निर्झर-गानों में
इससे प्रिय संगीत तुम्हारा, बसा हुआ मेरे कानों में
बोल तुम्हारे मुझे बीन से बढ़कर, लगते हैं जीवन में !
कितना प्यारा चाँद गगन में !

कलियों को तुम फूल बनातीं, फूलों को पावन फल रुचिकर
और फलों को स्नेह-स्वाद से भर बिखराती हो तुम पथ पर
सुमुखि, तुम्हारे जैसा कोई, स्नेहशील मिलता न भुवन में !
कितना प्यारा चाँद गगन में !

ध्यान मुझको तुम्हारा प्रिये ! | गिरिधर गोपाल

ध्यान मुझको तुम्हारा प्रिये, चाँद औ'
चाँदनी का मिलन देख आने लगा !
ज़िन्दगी का थका कारवाँ सैकड़ों
कण्ठ से प्यार के गीत गाने लगा !

रात का बन्द नीलम किवाड़ा डुला
लो क्षितिज-छोर पर देव-मन्दिर खुला
हर नगर झिलमिला, हर डगर को खिला
हर बटोही जिला ज्योति-प्लावन चला
कट गया शाप, बीती विरह की अवधि
ज्वार की सीढ़ियों पर खड़ा हो जलधि
अंजली अश्रु भर-भर किसी यक्ष-सा,
प्यार के देवता पर चढ़ाने लगा !
ध्यान मुझको तुम्हारा प्रिये, चाँद औ'
चाँदनी का मिलन देख आने लगा !

आरती - थाल ले नाचती हर लहर
हर हवा बीन अपनी बजाने लगी
हर कली अंग अपना सजाने लगी
हर अली आरसी में जलाने लगी

हर दिशा तक भुजाएँ बढ़ाता हुआ
हर जलद से सँदेशा पठाता हुआ
विश्व का हर झरोखा दिया बालकर,
पास अपने पिया को बुलाने लगा !
ध्यान मुझको तुम्हारा प्रिये, चाँद औ'
चाँदनी का मिलन देख आने लगा !

ज्योति की ओढ़नी के तले लो तिमिर—
की युवा आज फिर साधना हो गई
स्नेह की बूँद में डूबकर प्राण की
वासना आज आराधना हो गई
आह री ! यह सृजन की मधुर वेदना
जन्म लेती हुई यह नई चेतना
नारि के जगमगाते जलज-वक्ष पर
आदमी स्वप्न कल के बनाने लगा !
ध्यान मुझको तुम्हारा प्रिये, चाँद औ'
चाँदनी का मिलन देख आने लगा !

यह सफर का नहीं अन्त, विश्राम रे
दूर है दूर अपना बहुत ग्राम रे
स्वप्न कितने अभी हैं अधूरे पड़े
ज़िन्दगी में अभी तो बहुत काम रे
मुसकराते चलो, गुनगुनाते चलो,
आफतों - बीच मस्तक उठाते चलो !

भूमि को बाँह भर, काल की राह पर
आसमाँ पाँव अपने बढ़ाने लगा !
ध्यान मुझको तुम्हारा प्रिये, चाँद औ'
चाँदनी का मिलन देख आने लगा !
ज़िन्दगी का थका कारवाँ सैकड़ों
कण्ठ से प्यार के गीत गाने लगा !

विदा समय क्यों भरे नयन हैं ? | गिरिजाकुमार माथुर

अब न उदास करो मुख अपना, बार-बार फिर कब है मिलना ?
जिस सपने को सच देखा था, वह सच आज हो रहा अपना
याद भुलानी होगो सारी, भूले-भटके याद न करना
चलते समय उमड़ आए, इन पलकों में जलते सावन हैं !
विदा समय क्यों भरे नयन हैं ?

कैसे पीकर खाली होगी, सदा भरी आँसू की प्याली
भरी हुई लौटी पूजा बिन, वह सूनी-की-सूनी थाली
इन खोई-खोई आँखों में, जीवन ही खो गया सदा को
कैसे अलग-अलग कर देंगे, मिला-मिला आँखों की लाली
छुट पाएँगे अब कैसे, जो अब तक छुट न सके बन्धन हैं ?
विदा समय क्यों भरे नयन हैं ?

जाने कितना अभी और, सपना बन जाने को है जीवन
जाने कितनी न्योछावर को, कहना होगा अभी धूल-कन
अभी और देनी हैं कितनी, अपनी निधियाँ और किसीको
पर न कभी फिर से पाऊँगा, उनकी विदा समय की चितवन
मेरे गीत किन्हीं गालों पर, रुके हुए दो आँसू-कन हैं !
विदा समय क्यों भरे नयन हैं ?

अधर के पास आना चाहता हूँ ! | गुलाब खण्डेलवाल

गीत बनकर ही अधर के पास आना चाहता हूँ !
मैं तुम्हारे प्राण का उच्छ्वास पाना चाहता हूँ !

माधवी वन के रसीले, प्रात टटके फूल-जैसे,
प्रीति के अंकुर कहाँ खोए शिथिल भुज-मूल ऐसे,
मैं इन्हीं में मृदु पुलक-मधुमास लाना चाहता हूँ !
स्वप्न बनकर ही पलक के पास आना चाहता हूँ !

प्राण का आलोक बन्दी नमित पलकों की निशा में,
दीप की लौ-सा हृदय बहता न जाने किस दिशा में,
मैं उसीकी ज्योति का आभास पाना चाहता हूँ !
स्नेह बनकर ही हृदय के पास आना चाहता हूँ !

चपल अनुकृति से भँवों की मान हिम-सा चूर कर दूँ,
प्रेम औ' सौन्दर्य का यह द्वन्द्व शाश्वत दूर कर दूँ,

मैं सलज मुख पर तुम्हारे हास लाना चाहता हूँ !
चित्र बनकर ही चिबुक के पास आना चाहता हूँ !

खींचकर निश्वास-सा मुझको हृदय से तुम लगा लो,
सजल अलकों में सजा लो, सलज पलकों में छिपा लो,
मैं भँवों पर बन विजय-उल्लास छाना चाहता हूँ !
हार बनकर ही गले के पास आना चाहता हूँ।

रहे हँसता ही नयन का, अश्रुमय भी एक कोना,
चाहता हूँ मैं विरह में भी न तुमसे दूर होना,
मैं तुम्हारा बन सजल विश्वास जाना चाहता हूँ !
अश्रु बनकर ही नयन के पास आना चाहता हूँ !

प्रेम चोरी तो नहीं है ? | गोपालकृष्ण कौल

प्रीति के अक्षर लिखे हैं जो तुम्हारी जीवनी पर,
आँसुओं से धो न देना चाँद के धब्बे समझकर।
मानता हूँ, व्यस्त युग में
है कठिन कुछ भी निभाना
है कठिन इस दौड़ती-सी
ज़िन्दगी को रोक पाना
किन्तु शोणित में घुली जो, प्रीति की है लाल केसर,
धो सकोगी क्या उसे तुम, सिर्फ उसको 'पाप' कहकर ?

प्रेम चोरी तो नहीं है
क्यों छिपातीं पाप-भय से ?
आग की यह राह, इसपर
मत चलो कायर हृदय से
ज्योति से भी वंचिता हो, सूर्य की तुम जलन से डर
दया बरसाओ नहीं तुम, आग में खिलते कमल पर !
पाप है अहसान करके
प्यार की कीमत चुकाना
पाप खिलते फूल की मधु
गन्ध को बन्दी बनाना
है दया, उपकार, करुणा, दाग़ दिल की सभ्यता पर
मत लगाओ तिलक इनका, प्रेम के उज्ज्वल शिखर पर !

दीपक जलता रहा रात-भर ! | गोपालसिंह नेपाली

तन का दिया, प्राण की बाती,
दीपक जलता रहा रात-भर !

दुख की घनी बनी अँधियारी, सुख के टिमटिम दूर सितारे
उठती रही पीर की बदली, मन के पंछी उड़-उड़ हारे
बची रही प्रिय की आँखों से, मेरी कुटिया एक किनारे
मिलता रहा स्नेह-रस थोड़ा, दीपक जलता रहा रात-भर !

तन का दिया, प्राण की बाती,
दीपक जलता रहा रात-भर !

दुनिया देखी भी अनदेखी, नगर न जाना, डगर न जानी
रंग न देखा, रूप न देखा, केवल बोली ही पहचानी
कोई भी तो साथ नहीं था, साथी था आँखों का पानी
सूनी डगर, सितारे टिमटिम, पंथी चलता रहा रात-भर !
तन का दिया, प्राण की बाती,
दीपक जलता रहा रात-भर !

अगणित तारों के प्रकाश में, मैं अपने पथ पर चलता था
मैंने देखा, गगन-गली में, चाँद सितारों को छलता था
आँधी में, तूफ़ानों में भी, प्राण-दीप मेरा जलता था
कोई छली खेल में मेरी, दशा बदलता रहा रात-भर !
तन का दिया, प्राण की बाती,
दीपक जलता रहा रात-भर !

मेरे प्राण मिलन के भूखे, ये आँखें दर्शन की प्यासी
चलती रहीं घटाएँ काली, अम्बर में प्रिय की छाया-सी
श्याम गगन से नयन जुड़ाए, जगा रहा अन्तर का वासी
काले मेघों के टुकड़ों से, चाँद निकलता रहा रात-भर !
तन का दिया प्राण की बाती,
दीपक जलता रहा रात-भर !

छिपने नहीं दिया फूलों को, फूलों के उड़ते सुवास ने
रहने नहीं दिया अनजाना, शशि को शशि के मन्द हास ने
भरमाया जीवन को दर-दर, जीवन की ही मधुर आस ने
मुझको मेरी आँखों का ही, सपना छलता रहा रात-भर !
तन का दिया, प्राण की बाती,
दीपक जलता रहा रात-भर !

होती रही रात-भर चुप-चुप आँखमिचौनी शशि-बादल में
लुकते-छिपते रहे सितारे, अम्बर के उड़ते आँचल में
बनती-मिटती रहीं लहरियाँ, जीवन की यमुना के जल में
मेरे मधुर मिलन का क्षण भी, पल-पल टलता रहा रात-भर !
तन का दिया, प्राण की बाती,
दीपक जलता रहा रात-भर !

सूरज को प्राची में उठकर, पश्चिम ओर चला जाना है
रजनी को हर रोज़ रात-भर, तारक-दीप जला जाना है
फूलों को धूलों में मिलकर जग का दिल बहला जाना है
एक फूँक के लिए प्राण का, दीप मचलता रहा रात-भर !
तन का दिया, प्राण की बाती
दीपक जलता रहा रात-भर !

तुम वहीं मिलीं, जहाँ न कल्पना गई !

घनश्याम अस्थाना

तुम मुझे मिलीं अशान्त-से समीर में,
तुम मिलीं चकोर की अशेष पीर में,
सिन्धु-वक्ष पर तुम्हें पुकारता फिरा—
तुम मुझे मिलीं अधीर नेत्र-नीर में;
तुम छिपीं प्रदीप में, सिसक पड़ा शलभ
तुम छिपीं निशीथ में, विकल सुनील नभ !
खोज तार-तार मध्य हार मैं गया—
प्राण, तुम अधीर गीत-गीत में सुलभ !
  तुम विहँस पड़ों, न व्यर्थ अर्चना गई !
  तुम वहीं मिलीं, जहाँ न कल्पना गई !

साध शेष रह गई, नयन न मिल सके,
मैं चला, रुका, मगर न ओठ हिल सके,
दर्द रह गया, जलन रही, तड़प रही—
रह गए थमे, न अश्रु भी निकल सके !
तुम मुझे मिलीं, कि हार जीत हो गई
तुम मुझे मिलीं, कि पीर गीत हो गई !
निष्ठुरा निशा कि जो तड़प जगा रही—
तुम मिलीं कि वह पुनीत शीत हो गई !
  तुम मुझे मिलीं नवीन प्रेरणामयी !
  तुम वहीं मिलीं, जहाँ न कल्पना गई !

मेरे आँगन में भीड़ लगी ! | चन्द्रप्रकाश वर्मा

मेरे आँगन में भीड़ लगी, मैं किसको कितना प्यार करूँ ?

सब आते उर में प्यास लिये,
अतृप्ति लिये उच्छ्वास लिये,
मुझमें असीम विश्वास लिये,
मेरे समीप मधु-कलश एक, मैं किस-किसका सत्कार करूँ ?
मेरे आँगन में भीड़ लगी, मैं किसको कितना प्यार करूँ ?

कुछ जग-जीवन के रोग लिये,
कुछ सुधियाँ लिये, वियोग लिये,
सब दुख पाने के योग लिये,
आते हैं, एक मसीहा मैं, मैं किस-किसका उपचार करूँ ?
मेरे आँगन में भीड़ लगी, मैं किसको कितना प्यार करूँ ?

मैं किससे किस प्रकार बोलूँ,
किस उर में कितना रस घोलूँ,
किस गोदी में सिर रख सो लूँ,
मैं हूँ, प्रेमी नादान हाय, किससे कैसा व्यवहार करूँ ?
मेरे आँगन में भीड़ लगी, मैं किसको कितना प्यार करूँ ?

दो पल राजा की आन-बान,
दो पल फकीर का करुण गान,
दो पल सबकी हलचल महान,

दो पल का मेरा जीवन है, मैं कैसे किससे रार करूँ ?
मेरे आँगन में भीड़ लगी, मैं किसको कितना प्यार करूँ ?

क्षण-क्षण पर नूतन आकर्षण,
क्षण-क्षण नवीन मेरे बंधन,
क्षण-क्षण नवीन मेरा जीवन,
मैं ऊब गया सुख से, इसको कैसे दुख का उद्गार करूँ ?
मेरे आँगन में भीड़ लगी, मैं किसको कितना प्यार करूँ ?

कितने दृग मुझको रहे ताक,
कितने दृग मुझको रहे झाँक,
मैं कीमत सबकी रहा आँक,
मेरे दो, पर वे अनगिन हैं, किस-किससे लोचन चार करूँ ?
मेरे आँगन में भीड़ लगी, मैं किसको कितना प्यार करूँ ?

जब कुंज-कुंज कलियाँ फूलीं,
जब तरु-तरु लतिकाएँ झूलीं,
तब पग-ध्वनियाँ भटकी-भूलीं,
मैं सुनता हूँ आतीं समीप, किस आहट को स्वीकार करूँ ?
मेरे आँगन में भीड़ लगी, मैं किसको कितना प्यार करूँ ?

मैं प्यार, करूँ सबसे समान,
संभव है कैसे यह विधान,
है कम-ज़्यादा मेरा रुझान,
मानव की दुर्बलताओं का, बोलो कैसे परिहार करूँ ?
मेरे आँगन में भीड़ लगी, मैं किसको कितना प्यार करूँ ?

किसीकी अधमुँदी पलकें ! | चिरंजीत

किसी की अधमुंदी पलकें, मुझे सोने नहीं देतीं।

हृदय की धड़कनों में आहटें ये मदझरी कैसी ?
मुझे सोने नहीं देतीं, सजग होने नहीं देतीं।

तिमिर में आज ये परछाइयाँ भी मुस्कराती हैं,
बिजलियाँ कौंधकर तम में मुझे खोने नहीं देतीं।

खुले किस रजनिगंधा के अरे ये केश सुरभीले,
कि डगमग रात मन का बोझ भी ढोने नहीं देतीं।

सितारे चल दिए, चल दी, दिये की लौ पहरुए-सी,
घटाओं-सी घिरी अलकें सुबह होने नहीं देतीं।

य' जीवन सतत हारों की, अभावों की कहानी है,
मगर मधुरात की स्मृतियाँ मुझे रोने नहीं देतीं।

तुम्हारी आज भी पाती नहीं आई ! | जगतप्रकाश चतुर्वेदी

किसीके नयन का सन्देश लेकर आ गए बादल,
तुम्हारी आज भी पाती नहीं आई !

सुबह जब मेघ में छुपकर किरण फूटी
तुम्हीं-जैसी तनिक हँसती, तनिक रूठी
दिखाकर दामिनी पल-भर मुझे बहका गए बादल,
तुम्हारी आज भी पाती नहीं आई !

न अच्छा लग रहा कुछ भी तुम्हारे बिन,
न काटे कट रहा है आज तो यह दिन
निरख मेरी उदासी दूर से मुसका गए बादल,
तुम्हारी आज भी पाती नहीं आई !

अभी तो है बहुत री, साँझ की दूरी
तुम्हें कैसे कहूँ, है बहुत मजबूरी
निठुर सन्देश-पथ में मेह आ बरसा गए बादल
तुम्हारी आज भी पाती नहीं आई !

वहाँ भी तो घटाएँ छा रही होंगी
मयूरों की सदाएँ आ रही होंगी
पपीहे को न जाने आज क्या समझा गए बादल,
तुम्हारी आज भी पाती नहीं आई !

यहाँ ये झर रहीं वर्षान्त को बूँद
विदा की, वे तुम्हारे नीर - सी बूँदें
दिखा बरसात की यह पालकी तरसा गए बादल,
तुम्हारी आज भी पाती नहीं आई !

यह चाँदी-सी रात ! | जगदीश गुप्त

यह चन्दन-सा चाँद महकता, यह चाँदी-सी रात !
क्यों नयनों से रूप कह रहा—सुनो हमारी बात !

झुकते पलक, कि दूर क्षितिज तक, छा जाता तम-तोम
खुलते नयन, कि फिर आभा से लहरा उठता व्योम
अधरों पर मुसकान, कि पर खोले हंसों की पाँत !
यह चन्दन-सा चाँद महकता, यह चाँदी-सी रात !

हिलती अलक, कि कँप उठती तम के पन्थी की राह
वेणी खुली, कि शेफाली की नत डाली की छाँह
साँसें जातीं भीग, कि लाती पुरवाई बरसात !
क्यों नयनों से रूप कह रहा—सुनो हमारी बात !

देह लहरती, या कि लहर को देता पवन झकोर
अविरल बोल, कि जल में वर्षा की बूँदों का शोर

शरमीले-से गात, कि जैसे छुई-मुई के पात !
यह चन्दन-सा चांद महकता, यह चाँदी-सी रात !
क्यों नयनों से रूप कह रहा—सुनो हमारी बात !

मैं न रहूँगा, तब क्या होगा | जगदीश 'विद्रोही'

यह तो सच है इस बसन्त में तुमको नहीं ज़रूरत मेरी,
लेकिन पतझर के आने पर, मैं न रहूँगा, तब क्या होगा ?

क्या है तृप्ति, तृप्ति तो केवल,
नकली आँख-मिचौनी-सी है;
इसको जीवन - सार न समझो,
बात बड़ी अनहोनी-सी है;
यह तो सच है मान तुम्हारा सहना मेरा धर्म सनातन—
लेकिन मान तुम्हारा जिस दिन, मैं न सहूँगा, तब क्या होगा ?

मैंने जो कुछ कहा उसीको,
तुमने एक कथा बतलाया;
मेरे सम्बन्धों की तुमने,
सब सौगन्धों को झुठलाया,
यह तो सच है तुमसे अपना दर्द कहा था सुना न तुमने—
लेकिन दर्द तुम्हींसे जिस दिन, मैं न कहूँगा, तब क्या होगा ?

बैठे - बैठे सागर के तट,
मैंने लहरें नहीं गिनी हैं;
मैंने काँटे भी चूमे हैं,
केवल कलियाँ नहीं चुनी हैं,
यह तो सच है मैं आँसू की नदिया-बीच बहा जाता हूँ—
लेकिन जिस दिन इस नदिया में, मैं न बहूँगा, तब क्या होगा ?

धूल रहेगी, राख रहेगी,
यम की यह बाँसुरी रहेगी;
स्वर न रहेगा, गीत रहेंगे,
गीतों की माधुरी रहेगी;
यह तो सच, तुमसे आलोकित यह घर, आँगन, दुनिया सारी—
लेकिन माटी के दीपक में, मैं न दहूँगा, तब क्या होगा ?

मैंने सूरज सन्ध्या के—
संकेतों पर चलते देखा है,
मैंने किरनों की छाया में—
पर्वत को गलते देखा है,
यह तो सच है चरण तुम्हारे, मन्दिर की प्रतिभा-से पावन—
लेकिन जिस दिन हाथ तुम्हारा, मैं न गहूँगा, तब क्या होगा ?
यह तो सच है इस बसन्त में, तुमको नहीं ज़रूरत मेरी,
लेकिन पतझर के आने पर, मैं न रहूँगा, तब क्या होगा ?

हर द्वार तुम्हारा द्वार दिखाई देता है !

जयकुमार 'जलज'

मैं किस-किस द्वारे अपना मस्तक धरूँ, मुझे—
हर द्वार तुम्हारा द्वार दिखाई देता है !

हर अधर, कि जो मेरे अधरों तक आता है
उतना ही मादक, मोहक उतना ही पावन
जितने ये अधर तुम्हारे हैं, हर एक नयन
ज्यों लिये तुम्हारी ही आँखों में का सावन
किस-किसको खोलूँ द्वार हृदय का मैं क्षण-क्षण,
हर प्यार तुम्हारा प्यार दिखाई देता है !
मैं किस-किस द्वारे अपना मस्तक धरूँ, मुझे—
हर द्वार तुम्हारा द्वार दिखाई देता है !

ये शूल, कि जैसे परिवर्तित हो फूल स्वयं
चाँदनी, कि काली रात नहाकर आई हो
यह घृणा, कि जैसे नकारात्मक प्यार-मात्र
मुसकान—नयन की धार अधर पर छाई हो
किसको पत्थर कहकर ठुकराया जा सकता,
जब हर पत्थर जल-धार दिखाई देता है !
मैं किस-किस द्वारे अपना मस्तक धरूँ, मुझे—
हर द्वार तुम्हारा द्वार दिखाई देता है !

कुछ लोग कहेंगे, "नूतनता का लोभी है
जो यह जिस-तिस के साथ दौड़कर चल देता"

कुछ लोग कहेंगे, “इसका थिर है साथ नहीं
जो यह हर डग पर अपना साथ बदल लेता”
मैं स्वयं विवश, दो पाँव, कहाँ किस तक दौड़ें
सबमें तुम-सा आकार दिखाई देता है !
मैं किस-किस द्वारे अपना मस्तक धरूँ, मुझे—
हर द्वार तुम्हारा द्वार दिखाई देता है !

हूल बनकर कसक उठती है प्रथम पहचान!

जयनाथ 'नलिन'

क्यों हृदय का घाव भर पाता नहीं है, यह नहीं भर पायगा—
भर पायगा !

चुभ रहे हैं पुतलियों में अश्रु बनकर शूल
कसकता है बन समर्पण आज तीखी भूल

व्यथित करती याद धुँधली-सी किसी बेपीर की तसवीर बन
साँस भी घायल—खटकते प्राण में दिन-रात विष के तीर बन
दर्द मानस से सहा जाता नहीं है—यह नहीं सह पायगा !
क्यों हृदय का घाव भर पाता नहीं है—यह नहीं भर पायगा—
भर पायगा !

है पराजय एक अनुनय का सजल इतिहास
कण्ठ में जब तिलमिलाती एक व्याकुल प्यास

बूँद भी तो मैं न पी पाया कभी, अब घूँट तीखी पी रहा हूँ
पर-कटे हारिल पखेरू-सा अकेला छटपटाता जी रहा हूँ
यह गरल अब तो पिया जाता नहीं है—पिया कैसे जायगा !
क्यों हृदय का घाव भर पाता नहीं है—यह नहीं भर पायगा—
भर पायगा !

भर न पाता घाव आ जाता किसीका ध्यान
हूल बनकर कसक उठती है प्रथम पहचान

नोच देता हूँ, हराकर डालता हूँ, बह निकलता रक्त मानस-घाव से
मैं किसीके प्रेम की छाया तले, नित्य इसको पालता हूँ प्यार से
ध्यान उसका एक क्षण जाता नहीं है—वह न उर से जायगा !
क्यों हृदय का घाव भर पाता नहीं है—यह नहीं भर पायगा—
भर पायगा !

बुझ न पाए अमृत से भी चन्द्रमा के दाग
बुझ न पाई उर्मियों से सिन्धु-उर की आग

पुछ न पाती लग गई जो पाप की रेखा कभी
घाव किस्मत बन गया है—मिट सका क्या भाग्य का लेखा कभी
किसे गहरा घाव तड़पाता नहीं है—क्यों न यह तड़पायगा ?
क्यों हृदय का घाव भर पाता नहीं है—यह नहीं भर पायगा—
भर पायगा !

नीर जामुनी याद तुम्हारी ! | ठाकुरप्रसादसिंह

नीर जामुनी याद तुम्हारी, खनकी कंगन-बोल-सी !
बहुत दिनों के बाद, जंगलों की सुधि मुझसे बोलती !

गहरे तीर उतर पानी में, ढीला जूड़ा बाँधते
तुम मेरे सन्देश थामती हो लहरों के हाथ से
लाल हथेली पानी में मेहँदी के सब रँग घोलती !
नीर जामुनी याद तुम्हारी, खनकी कंगन-बोल-सी !

फूल चन्द्रमा का झुक आता, जब धरती की बाँह में
मिल-मिल पथ हो जाता तेरा, जब पेड़ों की छाँह में
तब तुम अपना दर्द बंसियों की गूँजों में खोजतीं !
बहुत दिनों के बाद, जंगलों की सुधि मुझसे बोलती !

हो उदास दोपहरी अनमन, पिड़कुल के स्वर हो थके
झर-झर पात नीम के झरते, पछुआ के संकेत से
तुम उदास-सी छन बाहर, फिर छन भीतर ही डोलतीं !
नीर जामुनी याद तुम्हारी, खनकी कंगन-बोल-सी !

बैरी तुझको लाज न आई ! | 'तन्मय' बुखारिया

मेरे बेदरदी परदेसी, तूने अच्छी प्रीत निभाई !
बैरी, तुझको लाज न आई !

ओ कपटी, मैं भोरी-भारी, तेरे हाथ बिकानी,
तेरी प्रीत-पगी निस-वासर, बान-बात बिसरानी;
कभी घट गई, कभी बढ़ गई, जब जो जैसा वाचक,
तेरे लिए बनी मैं घर-घर मौखिक कथा-कहानी;
पर जब से तू गया, सँदेसा हुआ स्वाति-जल-दुर्लभ,
मैं चातकी, टकटकी लगाए, मेरी आस सिराई !
मेरे बेदरदी परदेसी, तूने अच्छी प्रीत निभाई !
बैरी, तुझको लाज न आई !

नहीं सूर की 'गोपी' मैं, उद्धव से मन बहलाऊँ,
'मीरा' भी मैं नहीं, कि गाकर मनोव्यथा सहलाऊँ;
'पद्मावत' मैं नहीं जायसी की, ओ मेरे जोगी,
किस सुग्गे को सिखा-पढ़ाकर अपनी-सी कहला लूँ;
तेरे जाने मैं अब तेरी कोई नहीं रही, पर—
मेट सके तो मेट, कि अपनी झूठी प्रेम-सगाई !
मेरे बेदरदी परदेसी, तूने अच्छी प्रीत निभाई !
बैरी, तुझको लाज न आई !

विमिष दिवस-से, दिवस मास-से, मास बरस-से भारी,
बरसें मानो जनम-जनम-सी, गिनते-गिनते हारी;

वहाँ पहुँच तू भूल गया, क्या बोल कहे थे तूने—
'मेरी-तेरी प्रीत चिरन्तन, सदा निभेगी यारी;
तू तो 'मनु'-सा बहुत दूर, मैं 'कामायनी' अकेली,
कौन 'इड़ा' कोई बतला दे, जो तेरे मन-भाई !
मेरे बेदरदी परदेसी, तूने अच्छी प्रीत निभाई !
बैरी, तुझको लाज न आई !

तू चन्दा का रूप, चाँदनी तेरी छवि की छाया,
मेरी बुद्धि चकोरी, भरमी, तुझसे नेह लगाया;
तू बाती की जोत, पतंगा मेरी भरी जवानी,
मरी न पापिन तूने कितनी बार इसे झुलसाया;
तू मेरा संगीत तरसती मैं तेरी भाषा हूँ,
मैं छन्दों के रथ पर तेरे द्वार आज फिर आई !
मेरे बेदरदी परदेसी, तूने अच्छी प्रीत निभाई !
बैरी, तुझको लाज न आई !

तेरी कसम, सदा तेरी मैं, तेरे लिए रहूँगी,
तुझको सुख, तो मैं बिछोह का दुख भी विहँस सहूँगी;
पर 'तू सुखी' मुझे इतना-भर कोई आन बताए,
मैं 'राधा'-सी उस 'ऊधो' के मैले चरन गहूँगी,
सब कहते तो सच ही कहते होंगे, किन्तु करूँ क्या,
मन न मानता, 'मैं तू ही' फिर कैसे हुई पराई !
मेरे बेदरदी परदेसी, तूने अच्छी प्रीत निभाई !
बैरी, तुझको लाज न आई !

तुमको बाँध चुकी हूँ मन में ! | तारा पाण्डेय

सन्ध्या की बेला यह सूनी
आकुलता बढ़ जाती दूनी
रवि भी बँधा हुआ है देखो, अपनी किरणों के बन्धन में !
तुमको बाँध चुकी हूँ मन में !

बैठ नीड़ में चोंच मिलाकर
अपने उर में स्वर्ग बसाकर
पक्षी कहते "जान गए हम सुख से रहना इस जीवन में !"
तुमको बाँध चुकी हूँ मन में !

एक समय ऐसा है आता
जब सपनों का जगत् सुहाता
सीमाहीन मधुर आशाएँ, रंग भरा करतीं यौवन में !
तुमको बाँध चुकी हूँ मन में !

बाँध तुम्हें क्या मुक्त बनी मैं
पीड़ाओं की बनी धनी मैं
समझोगे तब, खो जाऊँगी, जब मैं अपने सुनेपन में !
तुमको बाँध चुकी हूँ मन में !

प्रिय कहाँ से आ सकीं तुम ! | देवराज

प्रिय कहाँ से आ सकीं तुम ?

ये तरल कुवलय-विलोचन
यह चलित उडु-मीन-चितवन
खिले-खोये कौन-सी नभ-दीर्घिका में पा सकीं तुम ?
प्रिय कहाँ से आ सकीं तुम ?

दृग-विलोभन ये अधर-दल
मधुभरी मुसकान उज्ज्वल
कौन वासन्ती कुसुम-वन से सयत्न चुरा सकीं तुम ?
प्रिय कहाँ से आ सकीं तुम ?

ये मदिर अनमोल चुम्बन
ये तड़ित् संस्पर्श कम्पन
कौन-से घन-पात्र में ढाली सुरा से ला सकीं तुम ?
प्रिय कहाँ से आ सकीं तुम ?

ये वचन रस-प्रीति-घोले
ये प्रणय आलाप भोले
कौन शुक-पिक-सारिका के कण्ठ से चुन पा सकीं तुम ?
प्रिय कहाँ से आ सकीं तुम ?

कौन-से परमाणुओं में
कौन-से विद्युत्-कणों में
स्वर्ण-वल्ली-सी सचेतन प्रिय उठीं—खिल जा सकीं तुम ?
प्रिय कहाँ से आ सकीं तुम ?

यह बुलाने का इशारा है ! | देवराज 'दिनेश'

कोकिला की कुहुक में तुमने पुकारा है !
जानता हूँ, यह बुलाने का इशारा है !

चाँदनी हिम-स्नात धरती पर बिखरती है,
देख उसको काव्य की भाषा निखरती है,
रात की रानी कहीं पर आज मुसकाई—
गन्ध उसकी बन तुम्हारी दूतिका आई;
और विरही मन स्वयं ही लग गया गाने,
मैं लगा हूँ उस हठी को आज समझाने,
किन्तु माने किस तरह, वह तो तुम्हारा है—
जानता है वह, उसे तुमने पुकारा है !

दूर नभ पर आज श्यामल मेघ हर्षाए,
देख उनको प्राण ! मेरे प्राण अकुलाए,

ये बिना मौसम कहाँ से आ गए बादल ?
व्यर्थ ही क्यों फिर मुझे तड़पा गए बादल ?
बादलों के श्याम घूँघट को हटा उस क्षण
यूँ लगा, जैसे कि तुमने तोड़ अपना प्रण—
दामिनी बन प्यार से मुझको निहारा है !
जानता हूँ, यह बुलाने का इशारा है !

वेदना के सिन्धु में तिरते रहो प्रतिपल,
दे मुझे अभिशाप तुम तो बन गए निश्छल,
था तुम्हें विश्वास यह, मैं डूब जाऊँगा
हूँ अभी अनजान कैसे तैर पाऊँगा ?
किन्तु मैंने गीत की किश्ती तभी पाई,
भाव की पतवार मेरे हाथ में आई,
बन गई मँझधार ही मुझको किनारा है !
कोकिला की कुहुक में तुमने पुकारा है !

किन्तु, कैसे भूल जाऊँ गीत के दाता,
दे स्वयं अभिशाप, वर देना तुम्हें आता,
कर प्रणय पहले हृदय-धन खूब भरमाया
और फिर दी वेदना, फिर गीत की छाया,
स्वयं विष देते, स्वयं अमृत पिलाते हो,
बैठ उर में गीत की कड़ियाँ बनाते हो,
जानता हूँ, साथ युग-युग तक हमारा है !
जानता हूँ, यह बुलाने का इशारा है !

किसीका प्यार मुझपर पाप कैसे हो ? | धर्मवीर भारती

अगर मैंने किसी के होंठ के पाटल कभी चूमे
अगर मैंने किसीके नैन के बादल कभी चूमे
महज़ इससे किसी का प्यार मुझपर पाप कैसे हो ?
महज़ इससे किसीका स्वर्ग मुझपर शाप कैसे हो ?

तुम्हारा मन अगर सींचूँ
गुलाबी तन अगर सींचूँ।
तरल मलयज झकोरों से,
तुम्हारा चित्र खींचूँ प्यास के रंगीन डोरों से,
कली-सा तन, किरन-सा मन
शिथिल सतरंगिया आँचल
उसीमें खिल पड़े यदि भूल से कुछ होंठ के पाटल
किसीके होंठ पर झुक जायँ कच्चे नैन के बादल
महज़ इससे किसीका प्यार मुझपर पाप कैसे हो ?
महज़ इससे किसीका स्वर्ग मुझपर शाप कैसे हो ?
किसीकी गोद में सिर धर
घटा घनघोर बिखराकर
अगर विश्वास सो जाए
धड़कते वक्ष पर, मेरा अगर व्यक्तित्व खो जाए
न हो यह वासना, तो
ज़िंदगी की माप कैसे हो ?

किसीके रूप का सम्मान, मुझको पाप कैसे हो ?
नसों का रेशमी तूफ़ान, मुझको पाप कैसे हो ?
अगर मैंने किसीके : होंठ के पाटल कभी चूमे
अगर मैंने किसीके नैन के बादल कभी चूमे
किसीकी साँस में चुन दूँ
किसीके होंठ पर बुन दूँ
अगर अंगूर की परतें
प्रणय में निभ नहीं पातीं कभी इस तौर की शरतें
यहाँ तो हर कदम पर स्वर्ग—
की पगडंडियाँ घूमीं
अगर मैंने किसीकी मदभरी अँगड़ाइयाँ चूमीं
अगर मैंने किसीकी साँस की पुरवाइयाँ चूमीं
महज़ इससे किसीका प्यार मुझपर पाप कैसे हो ?
महज़ इससे किसीका स्वर्ग मुझपर शाप कैसे हो ?

किसने मेरी नींद चुरा ली ! | नगेन्द्र

दूर गगन के कोने में जो चमक रहा ध्रुव तारा
युग-युग से अज्ञात प्रिया का देख-देख पथ हारा
जब फूलों के खेल खेलते हँस-हँस चाँद-सितारे
वह एकाकी बाट जोहता अपलक-दृग मन मारे

अरुण हुई आती जब ऊषा ले कुंकुम की थाली !
अंचल पकड़ पूछता तारा, 'किसने मेरी नींद चुरा ली !"

बही जा रही अविरल गति से यह सरिता की धारा
पर अपने अनजान निठुर का रूप न कभी निहारा
रात गए चूमे केकी ने पिय के नयन निंदारे
पर पल-भर भी मिले नहीं सरिता के युग्म किनारे
जब कलियों के स्वप्न पोंछती मलय पवन मतवाली !
अंचल पकड़ पूछती सरिता, 'किसने मेरी नींद चुरा ली ?'

जब मेरे बसन्त में पिक ने पहली बार पुकारा
गमक उठा उर के सौरभ से जीवन-कानन सारा
मायाविनि, तुम हुईं उदित सहसा मन के अम्बर में
एक नयन में गरल, दूसरे में अमृत की धारा
सजग चेतना पर बुन दी ऐसी सपनों की जाली !
मैं अब तक भी जानन पाया, 'किसने मेरी नींद चुरा ली ?

जाने कब की देखा-देखी | नर्मदाप्रसाद खरे

जाने कब की देखा-देखी, धीरे-धीरे प्यार बन गई !
लहर-लहर में चाँद हँसा तो लहर-लहर गल-हार बन गई !
स्वप्न सँजोती-सी वे आँखें,
कुछ बोलीं, कुछ बोल न पाईं,

मन मधुकर की कोमल पाँखें,
कुछ खोलीं, कुछ खोल न पाईं,
एक दिवस मुस्कान-दूत जब
प्रणय - पत्रिका लेकर आया;
ज्ञात नहीं, तब उस क्षण मैंने
क्या-क्या खोया, क्या-क्या पाया !

क्षण-भर की मुस्कान तुम्हारी जीवन का आधार बन गई !
जाने कब की देखा-देखी, धीरे-धीरे प्यार बन गई !

अलकों के श्यामल मेघों में,
शशि-मुख का छिप-छिप मुसकाना,
कभी उलझना, कभी सुलझना,
कभी स्वयं पर बलि-बलि जाना,
मन - चकोर ने अपलक देखा,
अलक-पलक का रास रँगीला
एक दिवस बरबस आँखों ने
किया अचानक आँचल गीला

नयनों की बरसात तुम्हारी, मेरे लिए बहार बन गई !
जाने कब की देखा-देखी, धीरे-धीरे प्यार बन गई !

तुमने रूप सँवारा अपना,
मधुऋतु का श्रृङ्गार हो गया
तुमने वेश सँवारा अपना,
इन्द्रधनुष साकार हो गया
तुमने ज्यों ही गीत उठाया,
कोकिल-स्वर चुपचाप सो गया

अधरों के हिलते ही जैसे,
प्राणों का अभिसार हो गया
प्राण ! तुम्हारी गीत-मधुरिमा, दिशि-दिशि का विस्तार बन गई !
जाने कब की देखा-देखी, धीरे-धीरे प्यार बन गई !

तुमने अपनी माँग भरी तो
ऊषा को मुस्कान मिल गई
प्राणों को, प्राणों की जैसे,
युग-युग की पहचान मिल गई
तुमने तनिक निहारा हँसकर,
फूल-फूल पर हास झर गया
कली-कली के नयन खुल गए,
कन-कन में उल्लास भर गया
बहुत दिनों की दूरी पल में, अरे मिलन-त्यौहार बन गई !
जाने कब की देखा-देखी, धीरे-धीरे प्यार बन गई !

तुमने हँसकर बाँह गही तो
जीवन को विश्वास मिल गया
नमक उठी जीवन - फुलवारी,
प्राणों को मधुमास मिल गया
तम को चीर दूर मंज़िल पर,
आशाओं के दीप जल उठे,
साँस-साँस सोपान बन गई,
स्वयं लक्ष्य के द्वार खुल उठे,
सिन्धु बिन्दु बन गया सहज ही, लहर-लहर पतवार बन गई !
जाने कब की देखा-देखी, धीरे-धीरे प्यार बन गई !

आज की रात सुहागिन है ! | नर्मदेश्वर उपाध्याय

बहुत दिन पर आया है चाँद, आज की रात सुहागिन है !

साँझ की अँधियारी को चीर
छूटते लो नीलम के तीर,
खुशी की लहरों में गम्भीर
डूबती जाती मन की पीर
लाज से शरमाया है चाँद, आज की रात सुहागिन है !

झर रहा गगन-गुफा से प्यार
उमगती धरती बाँह पसार,
दिशाओं के शिखरों पर सजे
सजल मोती के बन्दनवार,
लौटकर घर आया है चाँद, आज की रात सुहागिन है !

ढह रही संयम की दीवार
ढह रहे मन के बँधे कगार,
गरजता यौवन - पारावार
उठ रहा पूजन को श्रृङ्गार,
सँवर-सजकर आया है चाँद, आज की रात सुहागिन है !

मिलन का विहग कर चुका पार
विरह का व्याकुल हाहाकार,

आज तो कर लो प्रिय स्वीकार
शलभ को जीत, ज्योति की हार
खुशी से भर आया है चाँद, आज की रात सुहागिन है !
लाज से झुके-झुके-से नयन
हृदय का भरा-भरा-सा गगन,
समर्पण करने को सर्वस्व
उठ रहे मंथर-मंथर चरण,
चाँदनी वर लाया है चाँद, आज की रात सुहागिन है !
बहुत दिन पर आया है चाँद, आज की रात सुहागिन है !

न जाने कब मिलेंगे ! | नरेन्द्र शर्मा

आज के बिछुड़े, न जाने कब मिलेंगे !
आज से दो प्रेम-योगी अब वियोगी ही रहेंगे !
आज के बिछुड़े, न जाने कब मिलेंगे !
सत्य हो यदि, कल्प की भी कल्पना कर धीर बाँधूँ,
किन्तु कैसे व्यर्थ की आशा लिए यह योग साधूँ,
जानता हूँ, अब न हम-तुम मिल सकेंगे !
आज के बिछुड़े, न जाने कब मिलेंगे !

आयगा मधुमास फिर भी, आयगी श्यामल घटा घिर,
आँख भरकर देख लो अब, मैं न आऊँगा कभी फिर !
प्राण तन से बिछुड़कर कैसे मिलेंगे ?
आज के बिछुड़े, न जाने कब मिलेंगे !

अब न रोना, व्यर्थ होगा हर घड़ी आँसू बहाना,
आज से अपने वियोगी हृदय को हँसना सिखाना,
अब न हँसने के लिए हम-तुम मिलेंगे !
आज के बिछुड़े, न जाने कब मिलेंगे !

आज से हम-तुम गिनेंगे, एक ही नभ के सितारे,
दूर होंगे पर सदा को, ज्यों नदी के दो किनारे;
सिन्धु-तट पर भी न जो दो मिल सकेंगे !
आज के बिछुड़े, न जाने कब मिलेंगे !

तट नदी के, भग्न उर के दो विभागों के सदृश हैं,
चीर जिनको विश्व की गति बह रही है, वे विवश हैं
एक अथ-इति पर न पथ में मिल सकेंगे !
आज के बिछुड़े, न जाने कब मिलेंगे !

यदि मुझे उस पार के भी, मिलन का विश्वास होता,
सत्य कहता हूँ, न मैं असहाय या निरुपाय होता,
किन्तु क्या अब स्वप्न में भी मिल सकेंगे ?
आज के बिछुड़े, न जाने कब मिलेंगे !

आह, अन्तिम रात वह, बैठी रहीं तुम पास मेरे,
शीश कन्धे पर धरे, घन-कुन्तलों से गात घेरे,

क्षीण स्वर में कहा था—'अब कब मिलेंगे ?'
आज के बिछुड़े, न जाने कब मिलेंगे !
'कब मिलेंगे ?' पूछता मैं विश्व से जब विरह-कातर
'कब मिलेंगे ?' गूँजते प्रतिध्वनि-निनादित व्योम-सागर
'कब मिलेंगे ?' प्रश्न, उत्तर 'कब मिलेंगे ?'
आज के बिछुड़े, न जाने कब मिलेंगे !

श्रृङ्गार बनकर क्या करूँ ? | निरंकारदेव 'सेवक'

मैं किसीके रूप का श्रृङ्गार बनकर क्या करूँ ?
मैं किसीके प्यार का आधार बनकर क्या करूँ ?

सैकड़ों रंगीन रातों की कहानी भूलकर,
सैकड़ों सुकुमार कलियों की जवानी भूलकर
मैं किसीकी याद का अधिकार बनकर क्या करूँ ?
मैं किसीके प्यार का आधार बनकर क्या करूँ ?

कौन-सा सपना नहीं है टूट जाने के लिए,
कौन-सा अपना नहीं है छूट जाने के लिए,
मैं किसीके स्वप्न का संसार बनकर क्या करूँ ?
मैं किसीके रूप का श्रृङ्गार बनकर क्या करूँ ?

जानता हूँ मैं किसीके पास आना भी कठिन,
मानता हूँ मैं किसीसे दूर जाना भी कठिन,
मैं किसी उर के चपल उद्गार बनकर क्या करूँ ?
मैं किसीके प्यार का आधार बनकर क्या करूँ ?

मुझे स्नेह क्या मिल न सकेगा ? | 'निराला'

स्तब्ध दग्ध मेरे मरु का तरु,
क्या करुणाकर, खिल न सकेगा ?
मुझे स्नेह क्या मिल न सकेगा ?

जग के दूषित बीज नष्ट कर,
पुलक स्पन्द भर खिला स्पष्टतर,
कृपा - समीरण बहने पर क्या,
कठिन हृदय यह हिल न सकेगा ?
मुझे स्नेह क्या मिल न सकेगा ?

मेरे दुख का भार झुक रहा,
इसीलिए प्रति चरण रुक रहा,
स्पर्श तुम्हारा मिलने पर क्या,
महा भार यह झिल न सकेगा ?
मुझे स्नेह क्या मिल न सकेगा ?

देखती ही न दर्पण रहो प्राण तुम ! | 'नीरज'

देखती ही न दर्पण रहो प्राण तुम !
प्यार का यह मुहूरत निकल जायगा !

साँस की तो बहुत तेज़ रफ़्तार है
और छोटी बहुत है मिलन की घड़ी,
आँजते - आँजते हो नयन बावरे
बुझ न जाये कहीं उम्र की फुलझड़ी,
सब मुसाफ़िर यहाँ, सब सफ़र पर यहाँ
ठहरने की इजाज़त किसीको नहीं,

केश ही तुम न बैठी गुँथाती रहो
देखते - देखते चाँद ढल जायगा !

झूमती गुनगुनाती हुई यह हवा
कौन जाने कि तूफ़ान के साथ हो,
क्या पता इस निंदारे गगन के तले
यह हमारे लिए आख़िरी रात हो,
ज़िन्दगी क्या समय के बियाबान में
इक भटकती हुई फूल की गंध है,

माँग ही तुम न बैठी सजाती रहो
कल दिये को सवेरा निगल जायगा !

यह महकती निशा, यह बहकती दिशा
कुछ नहीं, है शरारत किसी शाम की,
चाँदनी की चमक, दीप की यह दमक
है हँसी बस किसी एक बेनाम की,
है लगी होड़ दिन-रात में प्रिय ! यहाँ
धूप के साथ लिपटी हुई छाँह है;
वस्त्र ही तुम बदलकर ने आती रहो,
यह शरमसार मौसम बदल जायगा !
होठ पर जो सिसकते पड़े गीत ये
एक आवाज़ के सिर्फ मेहमान हैं,
ऊँचती पुतलियों में जड़े जो सपन
वे किन्हीं आँसुओं से मिले दान हैं,
कुछ न मेरा, न कुछ है तुम्हारा यहाँ
क़र्ज़ के मोल पर सिर्फ़ हम जी रहे,
चूड़ियाँ ही न तुम खनखनाती रहो,
पैंठ का वक़्त आया निकल जायगा !
कौन श्रृंगार पूरा यहाँ कर सका
सेज जो भी सजी, सो अबूरी सजी,
हार जो भी गुँथा, सो अधूरा गुँथा
ब्रीन जो भी बजी, सो अधूरी बजी,
हम अधूरे, अधूरा हमारा सृजन
पूर्ण तो एक बस प्रेम ही है यहाँ
काँच से ही न नज़रें मिलाती रहो,
बिम्ब को मूक प्रतिबिम्ब छल जायगा !

क्या न बन्धन खोल दोगी ? | नेमिचन्द्र जैन

इन विदा के दो पलों में, क्या न हँसकर बोल लोगी ?
क्या न बन्धन खोल दोगी ?

झुक चली है साँझ, तम अविराम घिरता आ रहा है
यह अपार विषाद मन में, सहज तिरता आ रहा है
हृदय के इस रिक्त में अपनी हँसी, सखि, घोल दोगी !
क्या न बन्धन खोल दोगी ?

मैं लुटाता आ रहा हूँ, सदा से उत्साह अपना
पलक में आँसू न अब बाक़ी न जी में एक सपना
आज भी मुझसे सुमुखि, क्या प्रीति का कुछ मोल लोगो ?
क्या न बन्धन खोल दोगी ?

गा उठा है दूर पर, कोई विदा के करुण स्वर में
चल पड़ेगा यह प्रवासी भी अभी अपनी डगर में
किन्तु, सुधि-नभ में अकेली तारिका बन तुम रहोगी !
क्या न बन्धन खोल दोगी ?

साथ मेरे चलो पथ में, नहीं ऐसी चाह मेरी
एक आशा से प्रकाशित नित रहेगी राह मेरी
तुम कहीं चुपचाप ही पथ में अचानक आ मिलोगी !
क्या न बन्धन खोल दोगी ?

इन विदा के दो पलों में, क्या न हँसकर बोल दोगी ?

चिर प्रवासी प्राण मेरे ! | प्रभाकर माचवे

चिर प्रवासी प्राण मेरे, कौन-सा विश्राम जाने ?
गिर रही है नील छाया, हेम सन्ध्या पर निशा की
घिर रही गोधूलि तमसा, म्लान द्वाभा क्षीण बाकी
आ रहा हूँ दूर से, यह अजनबी परदेश सारा
इस अपरिचित पान्थ को भी तुम चलीं देने सहारा
कौन-सा विश्वास ले तुम आ गई मुझको मनाने !
चिर प्रवासी प्राण मेरे, कौन-सा विश्राम जानें ?

बिजन पद पथ, शूल फूटे, गगन में निशि की रुलाई
शून्यता, जो में व्यथा थी, वायु में जो जा समाई
आज इस निस्संग जीवन में अचानक प्रीति छाई
रोकने वाली विदेशिन, हो भला तुम कौन आईं ?
हम अथक ही हैं सदा के, क्यों तुम्हारी बात मानें ?
चिर प्रवासी प्राण मेरे, कौन-सा विश्राम जानें ?

यह न ऐसा पथ, जहाँ पर तनिक भी थम जाय चलना
विफल री अनुरोध-आग्रह, विफल अनुनय,मान, छलना
जाम पी लें, पर न भूलें चेतना अंजाम को भी
क्या पिया मधुमय गरलमय, की न परवा नाम को भी
चाँदनी को बिछलने दो, हम चलें निज धाम पाने !
चिर. प्रवासी प्राण मेरे, कौन-सा विश्राम जानें ?

विनतियाँ कातर तुम्हारी, हृदय भी सुकुमार माना
पर हमें तो एक आज्ञा, "कामना के पार जाना।"
धड़कनों में जो बजाता तूर्य सेनानी निरन्तर
वह सुनूँ पहले, तुम्हारी प्रार्थनाएँ सब अनन्तर
हम पढ़े दो-चार गाने, बस बिदा के ही पुराने !
चिर प्रवासी प्राण मेरे, कौन-सा विश्राम जानें ?

कल न पल-भर को समझते, हम पड़े बिलकुल बिसाती
हम अकेले ही भले हैं, चाहिए हमको न साथी
व्रत हमारा, 'खंग-धारा', प्यार सब दुर्बल बिसारा
चल रहा हूँ मैं युगों से, दूर पर ज्यों एक तारा
जा रहा हूँ, इस दिशा को उस उषा तक जा मिलाने !
चिर प्रवासी प्राण मेरे, कौन-सा विश्राम जानें ?

यों छिपते हो क्यों ? | 'प्रसाद'

तुम कनक-किरन के अन्तराल में, लुक-छिपकर चलते हो क्यों ?
नत-मस्तक गर्व वहन करते
यौवन के घन, रस-कन ढरते
हे लाज-भरे सौन्दर्य ! बता दो, मौन बने रहते हो क्यों ?
अधरों के मधुर क़गारों में
कल-कल ध्वनि की गुंजारों में
मधु-सरिता-सी यह हँसी तरल, अपनी पीते रहते हो क्यों ?

बेला विभ्रम की बीत चली
रजनीगन्धा की खिली कली
अब सान्ध्य-मलय-आकुलित दुकूल-कलितहो, यों छिपते हो क्यों ?
तुम कनक-किरन के अन्तराल में, लुक-छिपकर चलते हो क्यों ?

तुमने नया जीवन दिया है !

पद्मसिंह शर्मा 'कमलेश'

हूँ ऋणो तुमने नया जीवन दिया हैं
खो गया था जो कहीं, वह मन दिया है !

तप रही थी ग्रीष्म-सी यह प्राण की धरती
भावनाएँ जा रही थीं दूब-सी मरती
एक बेचैनी समाई थी शिराओं में
शांति आशा को न मिलती थी दिशाओं में
क्या कहूँ पाहुन ! नमित-सी दृष्टि से तुमने
जो बने रस-स्रोत, वह सावन दिया है !
हूँ ऋणी, तुमने नया जीवन दिया है
खो गया था जो कहीं, वह मन दिया है !

शक्ति चुकती जा रही थी, दूर थी मंज़िल
साँस का दुश्मन बना था राह का तिल-तिल
लांछनों के खड्‌ग खोले थे खड़े अपने
हाथ खींचा था युगों के पुण्य ने, तप ने

आ अयाचित दान-सी पथ पर स्वयं तुमने
जो अचल दृढ़ता बने वह प्रण दिया है
हूँ ऋणी, तुमने नया जीवन दिया है
खो गया था जो कहीं, वह मन दिया है !

जन्म-जन्मों से सजाए अर्घ्य पाँखें थीं
दूर उड़ने को खुलीं ये पलक-पाँखें थीं
कल्पना की आरती का दीप रोता था
घुटन का ज्वालामुखी उद्विग्न होता था
सिद्धि की उपलब्धि-सी वरदायिनी ! तुमने
जो बने चिर ध्येय, वह पूजन दिया है !
हूँ ऋणी, तुमने नया जीवन दिया है
खो गया था जो कहीं, वह मन दिया है !

अब मुझे फिर ज़िन्दगी भाने लगी है
प्राण में मस्ती नई छाने लगी है
आज मेरे पाँव धरती पर नहीं पड़ते
खिल रही मुसकान, जैसे फूल हों झड़ते
अर्थ जीवन को बताकर प्रिय ! मुझे तुमने
मुक्ति से जो श्रेष्ठ, वह बन्धन दिया है !
हूँ ऋणी, तुमने नया जीवन दिया है !
खो गया था जो कहीं, वह मन दिया है !

तुम अवगुण्ठन में शरमाई ! | परमेश्वर 'द्विरेफ'

प्रथम मिलन की निशा मधुर सखि,
तुम अवगुण्ठन में शरमाईं !
मन्द पवन में गन्ध घुली थी,
ऊपर हँसती रही जुन्हाई !
छुई - मुई - सी मौन रहीं तुम,
पर बज उठते थे कर - कंकण
पैंजनियों की झंकृतियों ने
मुखर किये अन्तर के कण - कण
कटि की मादक किंकिणियों में,
गूंजी यौवन की शहनाई !
प्रथम मिलन की निशा मधुर सखि
तुम अवगुण्ठन में शरमाईं !
नीची पलकों में लहराया,
मंजुल भावों का उद्वेलन
दो अधरों, दो - दो बाँहों का,
कितना मधुरिम था सम्मेलन
अमिट, अशेष पिपासाओं में,
उलझी थी अपनी अँगड़ाई !
प्रथम मिलन की निशा मधुर सखि,
तुम अवगुण्ठन में शरमाईं !

भू के पट पर खिंचे हुए थे,
तरु - कुञ्जों के चित्र अचंचल
मृदु प्रवाहिणी की कल - कल पर,
कुमुदिनि का था मादक अंचल
वन की बाँहों से विस्मृत थी
कुसुम - लताओं की तरुणाई !
प्रथम मिलन की निशा मधुर सखि,
तुम अवगुण्ठन में शरमाईं !
चढ़ते - चढ़ते चाँद ढल गया,
झँपी न पलकें किन्तु निमिष - भर
घुलता रहा अबाध मलय के
सौरभ - सा उन्माद अनश्वर
दिशा - दिशा में फैल गई फिर,
अपने जीवन की अरुणाई !
प्रथम मिलन की निशा मधुर सखि,
तुम अवगुण्ठन में शरमाईं !

तुम जहाँ हो, वहीं है शरद-पूर्णिमा !

पोद्दार रामावतार 'अरुण'

रूप की रात हँसती चली आ रही,
बीन के तार छू दो ज़रा प्यार से !
व्योम में तारिकाऐ उठीं जगमगा
प्राण को भावनाएँ रहीं गुदगुदा

मिल गई अंश्रु से कल्पना-चाँदनी
बाँध लूँगा तुम्हें आज झंकार से !
रूप की रात हँसती चली आ रही,
बीन के तार छू दो ज़रा प्यार से !

गीतिका की घटा स्वप्न में घिर गई
बज उठी एक स्वर की विकल बाँसुरी
हँस रही है नयन में जुही की कली
मैं अलंकृत करूँगा तुम्हें हार से !
रूप की रात हँसती चली आ रही,
बीन के तार छू दो ज़रा प्यार से !

चाँद हँसता वहाँ, ज्वार उठता यहाँ
शून्य कितना वहाँ, तुम नहीं हो जहाँ
मैं बुलाता तुम्हें एक अधिकार से,
तुम रिझाते मुझे एक श्रृंगार से !
रूप की रात हँसती चली आ रही,
बीन के तार छू दो ज़रा प्यार से !

तुम जहाँ हो, वहीं हँस रही नीलिमा
तुम जहाँ हो, वहीं है शरद-पूर्णिमा
पा गया मैं तुम्हें स्वप्न - संसार में,
खेलकर ज्योतिमय एक अंगार से !
रूप की रात हँसती चली आ रही,
बीन के तार छू दो ज़रा प्यार से !

क्या अर्थ ऐसे प्यार का ? | ब्रजकिशोर 'नारायण'

जिसमें न सुध-बुध खो सका, जिसका न अपना हो सका
लगती रहीं आँखें बहुत, पर मन न थोड़ा हो सका
जब कली से अलि अलग हो, तो लाभ क्या गुंजार का ?
क्या अर्थ ऐसे प्यार का ?
तुम दूर ही रहती रहीं, मजबूरियाँ सहती रहीं
हर साँस की हर लहर पर नौका बनी बहती रहीं
मँझधार ही माँझी जहाँ, तो क्या पता पतवार का ?
क्या अर्थ ऐसे प्यार का ?
चन्दा छिपा था मेघ में, तुम भी छिपीं बरसात में
करता भला मनुहार क्या, रूठी रहीं जब रात में
है जब किनारा ही मिला, इस पार क्या, उस पार क्या ?
क्या अर्थ ऐसे प्यार का ?

तुम्हारे नील झील-से नैन ! | 'बच्चन'

तुम्हारे नील झील-से नैन, नीर निर्भर-से लहरे केश !

तुम्हारे तन का रेखाकार, वही कमनीय, कलामय हाथ
कि जिसने रुचिर तुम्हारा देश, रचा गिरि-ताल-माल के साथ

करों में लतरों का लचकाव, करतलों में फूलों का वास
तुम्हारे नील झील-से नैन, नीर निर्भर-से लहरे केश !

उधर झुकती अरुनारी साँझ, इधर उठता पूनो का चाँद
सरों, श्रृंगों, झरनों पर फूट पड़ा है किरनों का उन्माद
तुम्हें अपनी बाँहों में देख, नहीं कर पाता मैं अनुमान
प्रकृति में तुम बिंबित चहुँ ओर, कि तुममें बिंबित प्रकृति अशेष !
तुम्हारे नील झील-से नैन, नीर निर्भर-से लहरे केश !

जगत् है पाने को बेताब, नारि के मन की गहरी थाह—
किये थी चिन्तित औ' बेचैन, मुझे भी कुछ दिन ऐसी चाह—
मगर उसके तन का भी भेद, सका है कोई अब तक जान !
मुझे है अद्भुत एक रहस्य, तुम्हारी हर मुद्रा, हर वेश !
तुम्हारे नील झील-से नैन, नीर निर्भर-से लहरे केश !

कहा मैंने, "मुझको इस ओर, कहाँ फिर लाती है तकदीर
कहाँ तुम आती हो उस ओर, जहाँ है गंग-जमुन की तीर !"
विहंगम बोला, "युग के बाद भाग से मिलती है अभिलाष
और...अब उचित यहीं दूँ छोड़ कल्पना के ऊपर अवशेष !"
तुम्हारे नील झील-से नैन, नीर निर्भर-से लहरे केश !

मुझे यह मिट्टी अपना जान, किसी दिन कर लेगी लयमान
तुम्हें भी कलि-कुसुमों के बीच, न कोई पायेगा पहचान
मगर तब भी मेरा यह छन्द कि जिसमें एक हुआ है अंग
तुम्हारा औ' मेरा अनुराग, रहेगा गाता मेरा देश !
तुम्हारे नील झील-से नैन, नीर निर्भर-से लहरे केश !

तुम्हारी शपथ मैं तुम्हारा नहीं हूँ !

बलबीरसिंह 'रंग'

तुम्हारी शपथ मैं तुम्हारा नहीं हूँ,
भटकती लहर हूँ किनारा नहीं हूँ !

तुम्हारा ही क्या मैं नहीं हूँ किसीका,
रहेगा मुझे अंत तक दुख इसीका,
किया एक अपराध मैंने जगत् में—
नहीं जिसका कोई, हुआ मैं उसीका।
अब आगे की मैं कुछ नहीं जानता हूँ,
अभी तक तो जीवन से हारा नहीं हूँ।
तुम्हारी शपथ मैं तुम्हारा नहीं हूँ !

किसीको न कुछ दे सकी चाह मेरी,
प्रलय भी नहीं ले सकी थाह मेरी,
किसीके चरण-चिह्न मैंने न खोजे—
जहाँ पग बढ़े बन गई राह मेरी !
न जाने कहाँ से कहाँ पहुँच जाऊँ,
निराश्रित पथिक हूँ, सहारा नहीं हूँ !
तुम्हारी शपथ मैं तुम्हारा नहीं हूँ !

लुटाऊँ वृथा कल्पना-कोष कब तक,
दबाऊँ हृदय का असन्तोष कब तक,
इसी भाँति धोता रहूँ आँसुओं से—
समय की दया-दृष्टि का दोष कब तक।

निठुर देवता की अमर आरती पर—
चढ़ाया गया हूँ, उतारा नहीं हूँ !
तुम्हारी शपथ मैं तुम्हारा नहीं हूँ !
भटकती लहर हूँ किनारा नहीं हूँ !

फिर से तुम्हें समीप बुलाया ! | बाबूराम पालीवाल

आज तुम्हारी सुमधुर सुधि ने, फिर से तुम्हें समीप बुलाया !
सुरभित साँस तुम्हारी छूकर,
अरुण कपोल हो गए मेरे,
प्राणों में अमृत बरसाते
वे मधुमय संगीत घनेरे,
नयनों में साकार थिरकती
मृदु मुसकान सलज कल्याणी,
कानों में कोकिल-कूजन-सी
कूजी कलित तुम्हारी वाणी,
आज युगों के बाद प्राण, तुमने अतीत का गीत सुनाया !
आज तुम्हारी सुमधुर सुधि ने, फिर से तुम्हें समीप बुलाया !

जब साकार कल्पना में तुम
प्राणों में आ बसीं हमारे,

टूट गए तब सहसा तड़-तड़
कुटिल काल के बन्धन सारे,
सब सामाजिक परिभाषाएँ
छिन्न-भिन्न हो गईं क्षणों में,
प्राण, देखता हूँ मैं तुमको
जग के सब चल-अचल कणों में,
आज तुम्हारा एक रूप, बनकर अरूप, कण-कण में छाया !
आज तुम्हारी सुमधुर सुधि ने, फिर से तुम्हें समीप बुलाया !

मेरा ज्ञान तड़ककर बोला—
"मूरख, यह सब तेरा भ्रम है !"
किन्तु भावना ने दुलराकर
कहा, "स्नेह का यही नियम है,
स्नेह न आधारित हो सकता,
कभी पार्थिवी उपधानों पर,
भौतिकता से परे प्राण जब
अवलम्बित होता प्राणों पर,
प्रस्तर की प्रतिमा में तब भक्तों ने निज भगवान बसाया !
आज तुम्हारी सुमधुर सुधि ने, फिर से तुम्हें समीप बुलाया !

मैंने अनुभव किया अतीन्द्रिय
सरस परस इन्द्रिय-सुख देता,
युग-युग का अतृप्त मन मेरा
आज तृप्ति-सुख का रस लेता !

तुम अनन्त रस की निर्झरिणी
जीवन और मरण से ऊपर,
अपनी आत्मा का पावन रस
मेरे प्राणों में देतीं भर !

प्राण ! आज पावन वेला में, मैंने प्राणों का फल पाया !
आज तुम्हारी सुमधुर सुधि ने, फिर से तुम्हें समीप बुलाया !

प्रिय, तुम न मिले ! | बालकृष्ण राव

तुम आ न सके इस ओर, प्रबल
प्रतिकूल प्रगति थी धारा की।
अनसुना रह गया स्वर, यद्यपि
करुणा अविराम पुकारा की।
अनुमति न मिली जा सकूँ स्वयं,
सम्बल न मिला, साथी न मिले।
अलि ने आवाह्न किया, सुमन
फिर भी न खिले, न खिले, न खिले।
प्रिय, तुम न मिले।

रवि की गति है अमन्द, मेरा
है लक्ष्य पूर्व में, कौन कहे।
पहुँचा भी कभी जहाँ तुम हो,।
तब तक दिन शेष रहे, न रहे।

वन्दना याचना में बदली,
जब स्वर से स्तुति के गात छिले।
फिर भी पल-भर की प्रतिमा के
आराध्य अधर न हिले, न हिले।
प्रिय, तुम न मिले !

मत मुंह मोड़ अरे बेदरदी !

बालकृष्ण शर्मा 'नवीन'

मत मुँह मोड़ अरे बेदरदी, काँटे तनिक निकाले जा !

रोम-रोम मम आज कंटकित, हिय में शूल समाए हैं
अमित थकित इन चरण-तलों में, काँटे आज बिछाए हैं
जाने किस प्रतिकूल पवन में, ये कंटक उड़ आए हैं
शूलमयी जीवन-डगरी है, इसको आज सँभाले जा !
मत मुँह मोड़ अरे बेदरदी, काँटे तनिक निकाले जा !

देख टटोल हृदय को मेरे, हैं ये शूल घने कितने
सोच रंच तो क्या तूने ही, ये उपहार दिये इतने
उपालम्भ कैसे दूँ मैं ? पर, बिना दिये भी तो न बने
अरे, छोड़कर जाता ही है, तो तू तनिक विदा ले जा !
मत मुँह मोड़ अरे बेदरदी, काँटे तनिक निकाले जा !

कुछ ले जा, कुछ दे जो प्यारे, तू कुछ तो सौदा कर जा
काँटे दिये, बिथा दी, हिय में अब उपहास और भर जा

तू मुँह मोड़, दुआएँ मैं दूँ, मैं डूबूँ, औ' तू तर जा
'नाहीं' के बदले श्रद्धांजलि मेरी अपरिमिता ले जा !
मत मुँह मोड़ अरे बेदरदी, काँटे तनिक निकाले जा !

तुझे बुलाने मैंने भेजीं श्वास - पवन - दूतियाँ कई
पर तू अटक रहा लख - लखकर कई मूरतें नई-नई
मैंने अपनी प्रथा निबाही, तूने अपनी विधि निबही
मैं देता ही रहूँ निमंत्रण, औ' तू हँस-हँस टाले जा !
मत मुँह मोड़ अरे बेदरदी, काँटे तनिक निकाले जा !

मेरा जीवन बनकर कन्दुक, आन पड़ा है तव कर में
जो चाहे कर, कर में रख, या फेंक इसे तू अम्बर में
तेरे द्वारा क्षिप्त हुआ हूँ, मैं इस निखिल चराचर में
खेले जा तू इस कन्दुक से, इसको खूब उछाले जा !
पर ओ, निर्मोही ! इसके ये काँटे तनिक निकाले जा !
मत मुँह मोड़ अरे बेदरदी, काँटे तनिक निकाले जा !

पलकें बिछाए तो नहीं बैठीं ! | बालस्वरूप 'राही'

कँटीले शूल भी दुलरा रहे हैं पाँव को मेरे
कहीं तुम पंथ पर पलकें बिछाए तो नहीं बैठीं !

हवाओं में न जाने आज क्यों कुछ-कुछ नमी-सी है,
डगर की उष्णता में भी न जाने क्यों कमी-सी है,

गगन पर बदलियाँ लहरा रही हैं श्याम आँचल-सी,
कहीं तुम नयन में सावन छिपाए तो नहीं बैठीं !

अमावस की दुल्हन सोई हुई है अवनि से लगकर,
न जाने तारिकाएँ बाट किसकी जोहतीं जगकर,
गहन तम है, डगर मेरी मगर फिर भी चमकती है,
कहीं तुम द्वार पर दीपक जलाए तो नहीं बैठीं !

हुई कुछ बात ऐसी फूल भी फीके पड़े जाते
सितारे भी चमक पर आज तो अपनी न इतराते,
बहुत शरमा रहा है बदलियों की ओट में चन्दा,
कहीं तुम आँख में काजल लगाए तो नहीं बैठीं !

कँटीले शूल भी दुलरा रहे हैं पाँव को मेरे,
कहीं तुम पंथ पर पलकें बिछाए तो नहीं बैठीं !

मेरा प्यार न मुझसे माँगो ! | भगवतीचरण वर्मा

तुम हँसकर मेरा प्यार न मुझसे माँगो !

तुम नवल उषा की प्रथम पुलक की सिहरन
तुम स्वप्न - विचुंबित मुग्ध किरण की स्पन्दन
तुम सौरभ से श्लथ मलयज की मादकता
तुम आशा की उच्छ्वसित मधुर कल-कूजन !

तुम क्या जानो गति का संघर्ष भयंकर,
जब असह व्यथा से मथ उठता है अंतर,
जब नयन उगलने लगते हैं अंगारे,
जब जल उठती है अवनि, उबलता अम्बर !
मध्याह्न काल के मरु की मैं मृगतृष्णा,
प्रत्येक चरण पर मेरे शत - शत खँडहर
अनिमेष दृगों में ले जीवन की सुषमा,
मेरा उजड़ा संसार न मुझसे माँगो !
तुम हँसकर मेरा प्यार न मुझसे माँगो !

तुम रसमय बेसुध गान न मुझसे माँगो !

अपनी तरंग में खुलती हुई लजीली,
कलिकाओं का छवि-जाल लिये तुम रंगिनि !
उल्लास धवल हिमहास लिए अधरों पर
तुम नृत्य-रता, तुम उत्सव-व्रता तरंगिनि !
तुम क्या जानो अपनी सीमा से उठकर
किस मौन क्षितिज से लहरों लेतीं टक्कर ?
किस असफलता की व्यथा लिये प्राणों में
रह-रह कराह उठता है विस्तृत सागर ?
मैं प्रलय काल की झंझा का पागलपन,
प्रत्येक साँस मेरी विनाश का क्रन्दन !
अधरों पर ले संगीत, नृत्य चरणों पर
मेरी भूली पहचान न मुझसे माँगो !
तुम रसमय बेसुध गान न मुझसे माँगो !

नयन का पानी न रीता ! | भवानीप्रसाद तिवारी

ज्वाल-सा जलता हुआ सखि, एक आतप और बीता !
नयन का पानी न रीता !

घन लगे घिरने सखी,
पर यक्ष के वे मीत हैं री !
मधुर स्वर मेरे कहाँ,
वे तो शिखी के गीत हैं री !
विन्ध्य-माला में प्रतिध्वनि आज तक सखि 'कहाँ सीता ?'
नयन का पानी न रीता !

अन्धकार अपार है सखि,
और ऐसा भाग मेरा—
रह सका उर में न सीमित
बह चला अनुराग मेरा !
मैं बना प्रेमापराधी तू रही पावन पुनीता !
नयन का पानी न रीता !

जो रहा अपना उसे
सपना न कह, री ठहर कुछ दिन
स्वप्न दृग की खो दिए
जल-धार में मैंने अभागिन !
सत्य तो धूमिल अभी पर स्वप्न मैंने आज जीता !
नयन का पानी न रीता !

सावन सरसा री ! | भवानीप्रसाद मिश्र

पीके फूटे आज प्यार के, पानी बरसा री !
हरियाली छा गई, हमारे सावन सरसा री !

बादल आए आसमान में धरती फूली री,
अरी सुहागिन, भरी माँग मैं भूली - भूली री,
बिजली चमकी भाग सखी री, दादुर बोले री,
अन्ध प्राण ही बही, उड़े पंछी अनबोले री,
छन-छन उठी हिलोर, मगन मन पागल दरसा री,
पीके फूटे आज प्यार के, पानी बरसा री !

फिसली-सी पगडंडी, खिसली आँख लजीली री,
इन्द्र-धनुष रँग रँगी, आज मैं सहज रँगीली री,
रुनझुन बिछिया आज, हिला-डुल मेरी बेनी री,
ऊँचे-ऊँचे पैंग, हिंडोला सरग-नसेनी री,
और सखी सुन मोर ! विजन वन दीखे घर-सा री,
पीके फूटे आज प्यार के; पानी बरसा री !

फुर-फुर उड़ी फुहार, अलक हुल मोती छाये री,
खड़ी खेत के बीच किसानिन कजरी गाये री,
झर-झर झरना झरे, प्राज मन-प्राण सिहाये री,
कौन जन्म के पुण्य कि ऐसे शुभ दिन आये री,
रात सुहागिन गात मुदित मन साजन परसा री !
पीके फूटे आज प्यार के पानी बरसा री !

क्या भूल गईं ? | भारतभूषण अग्रवाल

क्या भूल गईं ?
वह बुझी साँझ, जब हम-तुम पथ में मिले मौन
जब हमने सँग-सँग सोचा था अपने मन में : 'यह अरे कौन ?'
जब एक साथ दोनों के जी में चाह उठी : 'हम दूर हों न !'

जब जग की आँखें ढंकने उतरी वसुधा पर मधु-भरी रात
जब अन्धकार में स्नेह-दीप प्रज्वलित हो उठा अकस्मात्
फिर प्रणह-प्रात, जब तुमने हँस-हँस की थीं मुझसे सरस बात

शशिमुखी ! तुम्हारी ज्योत्स्ना से उमड़ा था जब उन्माद-ज्वार
जब तुमने चुपचुप खोला था, राही को अपना हृदय-द्वार
पलकें पसार, जब तुमने मेरे प्राणों पर लिख दिया प्यार

जब एक शब्द में, एक दृष्टि में भर जाते थे स्वप्न-लोक
जब रँग उठती थी कर्ण-कोर नत-पलक मुझे पथ में विलोक
जब त्याग लोक-लज्जा परदेसी को तुमने था रोक लिया

अपने मन से ही लुका-छुपा हमने बदले थे अपने मन
जब मेरी चंचल गति में तुमने बाँधे थे रति के बन्धन
फिर विजन-मिलन,मधु अधरों पर,मादक सुधि शपथोंका अंकन

क्या भूल गईं सुखमय अतीत की प्रीति-भरी बातें अनगिन !
फिर बोलो, क्यों है आज तुम्हारी दृष्टि कठिन, मुख-
ज्योति मलिन ?
री प्रणयिनि ! अपने युग-जीवन के वे युग दिन
क्या भूल गईं ?

तुम्हें बाँध पाती सपने में ! | महादेवी वर्मा

तुम्हें बाँध पाती सपने में !
तो चिर-जीवन-प्यास बुझा लेती उस छोटे क्षण अपने में !
तुम्हें बाँध पाती सपने में !

पावस घन-सी उमड़ बिखरती
शरद-निशा-सी नीरव घिरती।
धो लेती जग का विषाद, ढुलते लघु आँसू-कण अपने में !
तुम्हें बाँध पाती सपने में !

मधुर राग बन विश्व सुलाती
सौरभ बन कण-कण बस जाती।
भरती मैं संसृति का क्रन्दन, हँस जर्जर जीवन अपने में !
तुम्हें बाँध पाती सपने में !

सबकी सीमा बन सागर-सी।
हो असीम आलोक-लहर-सी।
तारोंमय आकाश छिपा रखती, चंचल तारक अपने में !
तुम्हें बाँध पाती सपने में !

शाप मुझे बन जाता वर-सा
पतझर मधु का मास अजर-सा।
रचती कितने स्वर्ग एक लघु प्राणों के स्पन्दन अपने में !
तुम्हें बाँध पाती सपने में !

साँसें कहतीं अमर कहानी
पल-पल बनता अमिट निशानी
प्रिय, मैं लेती बाँध, मुक्ति सौ-सौ लघुतम बन्धन अपने में !
तुम्हें बाँध पाती सपने में !

कौन तुम अरुणिम उषा-सी ! | महेन्द्र भटनागर

कौन तुम अरुणिम उपा-सी, मन-गगन पर छा गई हो ?

लोक धूमिल रँग दिया अनुराग से
मौन जीवन भर दिया मधु राग से
दे दिया संसार सोने का सहज
जो मिला करता बड़े ही भाग से
कौन तुम मधुमास-सी, अमराइयाँ महका गई हो ?
कौन तुम अरुणिम उषा-सी, मन-गगन पर छा गई हो ?

वीथियाँ सूने हृदय की घूमकर
नव किरन-सी डाल बाँहें झूमकर
स्वप्न छलना से प्रवंचित प्राण की
चेतना मेरी जगाई चूमकर
कौन तुम नभ-अप्सरा-सी, इस तरह बहक गई हो ?
कौन तुम अरुणिम उषा-सी, मन-गगन पर छा गई हो ?

रिक्त उन्मन उर-सरोवर भर दिया
भावना - संवेदना को स्वर दिया
कामनाओं के चमकते नव शिखर
प्यार मेरा सत्य; शिव, सुन्दर किया
कौन तुम अवदात री ! इतनी अधिक जो भा गई हो ?
कौन तुम अरुणिम उषा-सी, मन-गगन पर छा गई हो ?

प्राण में रागिनी छा गई ! | माखनलाल चतुर्वेदी

तुम मिले, प्राण में रागिनी छा गई !

भूलती - सी जवानी नई हो उठी,
भूलती - सी कहानी नई हो उठी,
जिस दिवस प्राण में नेह-बंसी बजी,
बालपन की रवानी नई हो उठी !
कि रसहीन सारे बरस रस-भरे,हो गए जब तुम्हारी छटा भा गई !
तुम मिले, प्राण में रागिनी छा गई !

घनों में मधुर स्वर्ण-रेखा मिली,
नयन ने नयन रूप देखा, मिली—
पुतलियों में डुबाकर नज़र की कलम
नेह के पृष्ठ को चित्र-लेखा मिली !

बीतते-से दिवस लौटकर आगए, बालपन ले जवानी सँभल आ गई !
तुम मिले, प्राण में रागिनी छा गई !
तुम मिले तो प्रणय पर छटा छा गई,
चुम्बनों, साँवली-सी घटा छा गई,
एक युग; एक दिन, एक पल, एक क्षण,
पर गगन से उतर चंचला आ गई !
प्राण का दान दे, दान में प्राण ले, अर्चना की अमर चाँदनी छा गई !
तुम मिले, प्राण में रागिनी छा गई !

मुझमें क्या आकर्षण ? | मुकुटबिहारी 'सरोज'

मुझमें क्या आकर्षण जो तुम, अपनी गली छोड़कर आयो ?

मेरे पास नहीं अपना घर, फिरता रहता हूँ आवारा
और एक तुम हो कि गाँव में सबसे ऊँचा महल तुम्हारा
कैसे दूँ आदेश उमर को "उनसे ज़रा होड़ कर आओ !"
मुझमें क्या आकर्षण जो तुम, अपनी गली छोड़कर आओ ?

लिखा नहीं पाया किस्मत में, तुम जैसी सम्पन्न जवानी
तुमने तृप्ति गुलाम बना ली, मेरी प्यास माँगती पानी
तुम्हें ज़रूरत ही क्या जो तुम, अपने नियम तोड़कर आओ ?
मुझमें क्या आकर्षण जो तुम, अपनी गली छोड़कर आओ ?

भार मुझे मेरा ही जीवन, तुम हो ठेकेदार चमन के
तुमने साख भुना ली अपनी, जुड़े न मुझसे दाम कफ़न के
अब मन्दिर में ऐसा क्या है, जो तुम हाथ जोड़कर आओ ?
मुझमें क्या आकर्षण जो तुम, अपनी गली छोड़कर आओ ?

दोनों ओर प्रेम पलता है ! | मैथिलीशरण गुप्त

दोनों ओर प्रेम पलता है !

सखि, पतंग भी जलता है, हा ! दीपक भी जलता है !
दोनों ओर प्रेम पलता है।

सीस हिलाकर दीपक कहता—
'बन्धु, वृथा ही तू क्यों दहता ?'
पर पतंग पड़कर ही रहता,
कितनी विह्वलता है !
दोनों ओर प्रेम पलता है !

बचकर हाय ! पतंग मरे क्या ?
प्रणय छोड़कर प्राण घरे क्या ?
जले नहीं तो मरा करे क्या ?
क्या यह असफलता है ?
दोनों ओर प्रेम पलता है !

कहता है पतंग मन मारे—
'तुम महान, मैं लघु, पर प्यारे,
क्या न मरण भी हाथ हमारे ?'
शरण किसे छलता है ?
दोनों ओर प्रेम पलता है !

दीपक के जलने में आली,
फिर भी है जीवन की लाली,
किन्तु पतंग-भाग्य-लिपि काली,
किसका वश चलता है ?
दोनों ओर प्रेम पलता है !

जगती वणिक्-वृत्ति है रखती,
उसे चाहती, जिससे चखती,
काम नहीं, परिणाम निरखती,
मुझे यही खलता है !
दोनों ओर प्रेम पलता है !

सामने बैठे रहे, दिन कट गया !

रघुवीरशरण 'मित्र'

सामने बैठे रहे, दिन कट गया
काल सबके सामने से हट गया

‘हाँ’ नहीं की, ‘हूँ’ नहीं की, कौन थे
जन्म, जीवन, मृत्यु सब पर मौन थे
तुम मुझे अपनी हँसी देते रहे
तुम सदा मेरा रुदन लेते रहे
दुःख से मिल सुख तुम्हारा बँट गया !
सामने बैठे रहे, दिन कट गया !

तुम घृणा से प्यार करते ही रहे
ज़िन्दगी में सार भरते ही रहे
मैं हुआ नाराज़ तुम हँसते रहे
घात सहकर बात में बसते रहे
तुम हँसे, कुछ दुःख मेरा घट गया !
सामने बैठे रहे, दिन कट गया !

तुम जले, मेरे हृदय में दीप-से
तुम मिले, दो आँसुओं को सीप-से
तुम प्रलय-सी ज़िन्दगी में शान्ति हो
तुम दलित की दीपिका में क्रान्ति हो
तुम पुरातन हो, मगर मुख है नया !
सामने बैठे रहे, दिन कट गया !

तुम हटे तो डूब जाऊँगा अभी
ज़िन्दगी से ऊब जाऊँगा अभी
तुम गए, तो प्यास का अपमान है
गीत तू है, और तू ही तान है

देखकर तुमको अँधेरा छाँट गया !
सामने बैठे रहे, दिन कट गया !

तुम गए, तो चाँद रोएगा अभी
ज़िन्दगी-भर फिर न सोएगा कभी
तुम सज़ा दे लो, मुझे स्वीकार है
प्यार को हर दण्ड का अधिकार है

रो पड़े तुम, न्याय तुमसे घट गया !
सामने बैठे रहे, दिन कट गया !

याद तुम्हारी आई सारी रात ! | रमानाथ अवस्थी

सो न सका कल याद तुम्हारी आई सारी रात !
और पास ही बजी कहीं शहनाई सारी रात !

मेरे बहुत बुलाने पर भी नींद न मुझ तक आई
ज़हर-भरी जादूगरनी-सी मुझको लगी जुन्हाई,
मेरा मस्तक सहलाकर बोली मुझसे पुरवाई—
"दूर कहीं दो आँखें भर-भर आईं सारी रात ?"
और पास ही बजी कहीं शहनाई सारी रात !

गगन-बीच रुक तनिक चन्द्रमा लगा मुझे समझाने,
"मन-चाहा मन पा जाना है खेल नहीं दीवाने !"

और उसी क्षण टूटा नभ से एक नखत अनजाने
देख जिसे, मेरी तबियत घबराई सारी रात !
सो न सका कल, याद तुम्हारी आई सारी रात !

रात लगी कहने, "सो जाम्रो, देखो कोई सपना
जग ने देखा है बहुतों का रोना और कलपना
यहाँ तुम्हारा क्या, कोई भी नहीं किसीका अपना"
मुझे अकेला समझ मौत ललचाई सारी रात !
और पास ही बजी कहीं शहनाई सारी रात !

मुझे सुलाने की कोशिश में जागे अनगिन तारे
लेकिन बाज़ी जीत गया मैं, वे सब के सब हारे
जाते-जाते चाँद कह गया मुझसे बड़े सकारे
"एक कली मुरझाने को मुसकाई सारी रात !"
और पास ही बजी कहीं, शहनाई सारी रात !
सो न सका कल, याद तुम्हारी आई सारी रात !

उजली-धुली तुम कौन ? | रवीन्द्र 'भ्रमर'

चाँदनी के पंख - सी, उजली - धुली तुम कौन ?
तुम्हें तिरते बादलों के बीच देखा है
दृष्टि - पथ में कौंध जाती बिज्जु - लेखा है
बिज्जु-लेखा—नाप ले जो सृष्टि का विस्तार—

प्रकृति में; भूगोल में, पिघली - घुली तुम कौन ?
चाँदनी के पंख-सी, उजली - धुली तुम कौन ?

चिर अमा के प्रात, उगती उषा का आभास
चतुर्दिक् जो फैल जाए बन धवल हिम हास
ठीक वैसी ही—तुम्हारी रुपहली पहचान
पुतलियों में बैठ, अन्तर-पट तुली तुम कौन ?
चाँदनी के पंख-सी, उजली-धुली तुम कौन ?

स्वप्न में ज्यों अप्सरा की अनुकरित प्रतिमूर्ति
जागरण में प्राण-संगिनि सहज नारी-मूर्ति
कल्पना को अगम—अनुभव को सहज रमणीय
ना विवस्त्रा नातिगोपा; अधखुली तुम कौन ?
चाँदनी के पंख-सी, उजली-धुली तुम कौन ?

कुछ नहीं है शेष ? | रांगेय राघव

हाय, क्या मेरे लिए अब कुछ नहीं है शेष ?

कौन-सा दिन था कि तुझको देख मेरे स्पन्द जागे
मैं खड़ी मुसका गई, तू लाज से आया न आगे
और यह दिन है कि मेरे लुट गए सब वेश !
हाय, क्या मेरे लिए अब कुछ नहीं है शेष ?

आज बादल ढीठ नभ में देख तो, कंकण बजाता
दामिनी को गुदगुदाकर हाय है कैसे रिझाता
वासना, जा दूर मुझको सब हुआ निःशेष !
हाय, क्या मेरे लिए अब कुछ नहीं है शेष ?

हाँ न जाने विकल कितने बीत यों युग-युग गए हैं
आँसुओं से क्या गिनूँ मैं आज वे ही घुल गए हैं
कल्प बनकर - बीतता है एक-एक निमेष !
हाय; क्या मेरे लिए अब कुछ नहीं है शेष ?

गूँथ जिनमें फूल तू था स्नेह अपना वार देता
मैं उन्हें रूखा रुलाऊँगी, यही मन शाप देता
चाँदनो के नाग हैं मेरे खुले ये केश !
हाय, क्या मेरे लिए अब कुछ नहीं है शेष ?

आयु के पुल पर कहाता साँस का आवागमन है।
किन्तु क्या इस साँस के बल पर कभी पलता मरण है ?
कौन ऐसा न्याय करके बन गया अखिलेश !
हाय, क्या मेरे लिए अब कुछ नहीं है शेष ?

हर पल-छिन है रंगीन | राजेश्वर गुरु

हर पल-छिन है रंगीन तुम्हारी सुधियों से,
हर पल-छिन है बेचैन तुम्हारी चाहों में !

हर किरन तुम्हारी स्मिति लेकर खिल उठती है
हर लहर तुम्हारे खुले हृदय का स्पन्दन है
हर परस पवन का नव वसन्त के आँगन में
यौवन मद झर साँसों का मलयज चन्दन है
हर दिवस तुम्हारी गलियों में बावला बना
फिरता है, जैसे ध्वनियाँ दिशि के अंचल में
रजनीगन्धा की कलियाँ ही खिलतीं झरतीं
बिछ जाती हैं हर रात तुम्हारी राहों में !
हर पल-छिन है रंगीन तुम्हारी सुधियों से,
हर पल-छिन है बेचैन तुम्हारी चाहों में !
वह कौन अजानी भोर सुहानी थी, जिसमें
अनजान चितेरा सुबरन ऐसा फेर गया
धरती के मुख से घूँघट जैसे उघर गया
हो गई कली हर नई, हो गया फूल नया
हर शाख़ सलोनी अभिलाषा से चहक उठी
सपनों के नभ में पाँखों को अवकाश मिला
कुछ नया गीत लिख दिया तुम्हारी आँखों ने
कुछ नया रंग लहराया; चपल निगाहों में !
हर पल-छिन है रंगीन तुम्हारी सुधियों से,
हर पल-छिन है बेचैन तुम्हारी चाहों में !
लहरों की इस सतही रंगीनी के भीतर
क्या है प्रशान्त रत्नाकर का निस्सीम हृदय
इस तीर भटकते जीवन का परिचय बनकर
कर रही इशारे क्या कोई दूरस्थ प्रलय

इन आरोहों-अवरोहों के हिचकोलों से
जाने कितने पल-छिन की है पहचान और
हर पल-छिन का अमरत्व माँगती हुई किन्तु
है पड़ी चेतना विवश तुम्हारी बाँहों में !
हर पल-छिन है रंगीन तुम्हारी सुधियों से,
हर पल-छिन है बेचैन तुम्हारी चाहों में !

सावन आता है | राजेन्द्रकिशोर

पुरवासिनि ओ, थोड़े-से दिन और रह गए शेष,
सावन आता है !

माना, अब न सही जाती है तन की भीषण ज्वाला,
ख़ाली-का-ख़ाली ही रह जाता है मन का प्याला,
पुरवासिनि आओ, थोड़ा और सँभालो यह आवेश,
सावन आता है !

खोलो-खोलो वेणी, आकुंचित कुन्तल लहरा दो,
बौराई पुतलो पर दो दिन, पलकों का पहरा दो,
पुरवासिनि ओ, बदल रहा है अम्बर का परिवेश !
सावन आता है !

आसमान की ओर उठाकर फैला दो अब बाँहें,
अन्तरिक्ष से फूट पड़ी हैं, कई अपरिचित राहें,
पुरवासिनि ओ, एक पिया के सौ सौ होंगे आश्लेष,
सावन आता है !

मुझको रात सुहानी लगती | राजेन्द्र यादव

आ, बचपन के मीत, कि मुझको रात सुहानी लगती !

वह आँख-मिचौली वाला चन्दा, प्रणय-गीत गाता है
एक सलोना मुख बदली से झाँक-झाँक जाता है
सुधि चाँदी-सी बरस रही—
पलकों पर ! भीगे तारे...
मानस की लहरों में नर्तित मदिर रवानी लगती !
आ, बचपन के मीत, कि मुझको रात सुहानी लगती !

शिशु-लतिका पर नव वसन्त के सुमन खिल रहे होंगे
मुदित गुलाबों पर नरगिस के पंख हिल रहे होंगे
कुन्द पुष्प - से उछल - फूट
निर्भर अधरों से बहते
फूली मेंहदी-सी साँस बड़ी भीनी मधुरानी लगती !
आ, बचपन के मीत, कि मुझको रात सुहानी लगती !

बहते घन के साथ बलाका-सा लहरीला मन्थर
मुक्त पसारे पाँख तैरता मन भीगी किरणों पर
मृदु तुषार - सी उतर
सपन की तहें परों पर जमतीं
झाँक रहे आँखों से आँसू, नींद बिरानी लगती !
आ, बचपन के मीत, कि मुझको रात सुहानी लगती !

ओ मधुमुखी सयानी ! | राजेन्द्रप्रसादसिंह

तनिक उठा ले यह घूँघट-पट, ओ मधुमुखी सयानी,
ओ मधुमुखी सयानी !
यह पर्दा गाढ़ा, मटमैला, बादामी मखमल का,
धूल-भरे फूलों की लड़ियाँ हिलती हैं, रस झलका,
उलझन - भरी हवाएँ हरदम छेड़तीं
बिजली - भरी घटाएँ रह-रह घेरतीं
अँधियाली—भटका रही
उजियाली—भरमा रही
ज़रा दिखा दे एक बार तो, निज चाँदनी सुहानी !
ओ मधुमुखी सयानी !
उसी विभा में घुलने को, सिन्दूर क्षीर बन आता,
कच्चा लोहा पिघल-पिघलकर, तरल आग बन जाता,

खून-भरी आँखों की लपटें गल रहीं
नीर-भरी पलकों में लौएँ बल रहीं
खुली हँसी तो—दाह-सी
आह-मौत की राह-सी
टुक छलका दे निज उमंग की चिर मुसकान अजानी !
ओ मधुमुखी सयानी !
वह मुसकान खींचती रहती, कण-कण को, छन-छन को
वह मधुमुख ललचाता रहता, निशि-दिन चिर जीवन को,
बिम्बित करने को उस छवि का हास ही
सागर बन लहराता है इतिहास ही
तूफ़ानों की—हार है,
ज्वारों-भरी—पुकार है,
बूँद-बूँद मधु-बिन्दु बना दे, अब तो तज मनमानी !
ओ मधुमुखी सयानी !

आज की रात तो ! | रामकुमार चतुर्वेदी

आज की रात तो प्यार ही को बनी !
हँस रहा चन्द्रमा, खिल रही चाँदनी
गा रहा है पवन, गन्ध की रागिनी
आम की डाल पर कूकती कोकिला—

'आज की रात श्रृंगार ही को बनी !'
आज की रात तो प्यार ही को बनी !

है क्षितिज पर गगन को धरा चूमती
कूल के अंक में है नदी झूमती
कह रही है विटप से लिपटकर लता—
'आज की रात अभिसार ही को बनी !'
आज की रात तो प्यार ही को बनी !

फूल-सी तुम, भला क्रूर हो किस लिए
पास होकर शुभे, दूर हो किस लिए
रूठने के लिए तो पड़ी ज़िन्दगी—
'आज की रात मनुहार ही को बनी !'
आज की रात तो प्यार ही को बनी !

नेह के ज्वार को रोकना व्यर्थ है
प्राण के वेग को टोकना व्यर्थ है
जीतने के लिए तो पड़ी ज़िन्दगी—
'आज की रात तो हार ही को बनी !'
आज की रात तो प्यार ही को बनी !

प्रिय तुम्हारा स्वर बनूँ मैं ! | रामकुमार वर्मा

दो उरों के मिलन में मिट जाय, वह अन्तर बनूँ मैं !
प्रिय तुम्हारा स्वर बनूँ मैं !

करुण जीवन जब कि हिम की विकल घुलती धार-सा हो,
या कि सिसकी से उठे दो आँसुओं के भार-सा हो,
सिक्त उससे हो उठे, उस धूल का कण-भर बनूँ मैं !
प्रिय तुम्हारा स्वर बनूं मैं !

प्रेम की इस अग्नि से क्यों, धूम-सी उठती निराशा ?
क्यों हृदय की भावना को, मिल सकी अब तक न भाषा ?
हों तुम्हारे ये लजीले प्रश्न, तो उत्तर बनूँ मैं !
प्रिय तुम्हारा स्वर बनूँ मैं !

तारिका है या किसीकी काँपती है तरल सिसकी,
क्षीण शशि में नत हुई-सी दीखती है पलक किसकी ?
जो इन्हें उर में सजा ले, वह सदय अम्बर बनूँ मैं !
प्रिय तुम्हारा स्वर बनूँ मैं !

अग्रसर होना निरन्तर ही बना अस्तित्व जिसका,
कठिनतर अवरोध से ही, बन सका व्यक्तित्व जिसका,
प्राप्त कर पद-ध्वनि तुम्हारी, गीतिमय निर्भर बनूँ मैं !
प्रिय तुम्हारा स्वर बनूँ मैं !

रक्त-डूबा क्रौंच भू पर अरुण बादल-सा विनत हो,
क्रौंच के चीत्कार से वन-प्रान्त जैसे कान्ति-हत हो,
तब करुण-उर आदिकवि के काव्य का अवसर बनूँ मैं !
प्रिय तुम्हारा स्वर बनूँ मैं !

बार-बार बाँसुरी बजाओ न पिया ! | रामदरश मिश्र

बार-बार बाँसुरी बजाओ न पिया !
लहरों के पार से बुलाओ न पिया !

गाते हो तुम कि मेरा मन है गमगमा रहा
लगता है जैसे कुछ प्राण में समा रहा
सपनों से मन को गुहराओ न पिया !
बार-बार बाँसुरी बजाओ न पिया !

जूही-सी रात यह, खिले कि न खिले कभी
बाँहों से बाँह यह, मिले कि न मिले कभी
सागर में ज्वार यह उठाओ न पिया !
बार-बार बाँसुरी बजाओ न पिया !

गाते हो नदिया के पार वहाँ रेत में
बहती हैं मैं अपने सागर-से खेत में
फसलों को मेरी भरमाशो न पिया !
बार-बार बाँसुरी बजाओ न पिया !

अपनी दुनिया में मैं मस्त है जवान हूँ
फागुन की गेहूँ हूँ, सावन का धान हूँ
बिरहा की जोगिनी बनाओ न पिया !
बार-बार बाँसुरी बजाओ न पिया !

अयि, संगिनी सुनसान की !

रामधारीसिंह 'दिनकर'

मन में मिलन की आस है, दृग में दरस की प्यास है,
पर, ढूँढ़ता फिरता जिसे, उसका पता मिलता नहीं,
झूठे बनी धरती बड़ी, झूठे बृहत् आकाश है;
मिलती नहीं जग में कहीं, प्रतिमा हृदय के गान की !
अयि, संगिनी सुनसान की !

तुम जानती सब बात हो, दिन हो कि आधी रात हो,
मैं जानता रहता कि कब मंजीर की आहट मिले,
मेरे कमल-वन में उदय, किस काल पुण्य-प्रभात हो;
किस लग्न में हो जाय कब जाने कृपा भगवान की !
अयि, संगिनी सुनसान की !

मुख में हँसी, मन म्लान है, उजड़े घरों में गान है,
जग ने सिखा रक्खा, गरल पीकर सुधा वर्णन करो,
मन में मचा ले आह जो, सबसे वही बलवान है;

उर में पुरातन पीर, मुख पर द्युति नई मुस्कान को !
अयि, संगिनी सुनसान की !

पीछे फिर देखो एक बार ! | रामविलास शर्मा

पथ पर पग रखने से पहले, पीछे फिर देखो एक बार !

प्राची में सोती है ऊषा,
सोता है खग कलरव प्यारा
सोता सर में सरसिज-समूह,
सो रहा अभी तो जग सारा
फिर चले अभी से क्या विचार ! पीछे फिर देखो एक बार !

परदेश तुम्हारा पथिक दूर,
पहुँचोगे चलकर पथ अपार
लौटोगे कब, यह कहे कौन,
भर बाँहों में फिर करो प्यार
किसकी बहती है अश्रु-धार ? पीछे फिर देखो एक बार !

अस्थिर हैं जग के जीव-जन्तु,
अस्थिर है जग सब सार-हीन
रहता फिर मानव यहाँ कौन,
यदि होता यह जग प्रेम-हीन ?
निज प्रेम-पुष्प को हे उदार, पीछे फिर देखो एक बार !

बँध गई ज़िन्दगी प्रीत की डोर से !

रामानन्द
'दोषी'

आग़ जलती रहे, पीर पलती रहे,
रुक न जाए कहीं मौत का कारवाँ—
इसलिए प्यास के घाट पर अनमनी,
बँध गई ज़िन्दगी प्रीत की डोर से !

प्राण बन्दी पड़े देह की क़ैद में
मुक्त नभ में मगर चाह-खग उड़ चला,
बद्ध मंज़िल अकेली सिसकती खड़ी
राह में एक मेला मगर जुड़ चला;
एक मेला जुड़ा वर्तिका के तले,
अधजले इक शलभ ने कहा—"चूम लूँ,
इस निठुर के अधर की तरल ज्वाल पी
मैं मरण-अंक में चैन से झूम लूँ !"
मगर वह मिलन की कटी रात यों,
लौ लगी रह गई दीप की भोर से !
इसलिए प्यास के घाट पर अनमनी,
बँध गई ज़िन्दगी प्रीत की डोर से !

तारिका एक टूटी गगन-डाल से
चाँद ने आँख-भर यों कहा—"बावली,
मैं तड़पता रहूँगा यहाँ रात-भर
तू भटकंती फिरेगो बता किस गली ?"

लाज से गड़ गई वह लजीली दुल्हन
फूल के गाल पर प्रोस बन ढल गई,
किन्तु निष्ठुर बही कुछ हवा इस तरह
वह गगन की सखी धूल में मिल गई,
प्यार की इस कथा का यही अन्त है ;
झाँकती हैं प्रलय हर प्रणय-छोर से !
इसलिए प्यास के घाट पर अनमनी,
बँध गई ज़िन्दगी प्रीत की डोर से !

एक दिन आदमी के नरम होठ ने
भूल से छू लिया था सुधा का चषक,
होठ घायल हुए, आदमी जल उठा
शेष है आज भी उस जलन की कसक,
वह कसक पल रही है सृजन के, मरण के
तटों की लहरती हुई बाँह में,
ज़िन्दगी पर, अभागी कटी इस तरह,
रुक न पाई कभी प्यार की छाँह में,
छाँह जब भी जुड़ी घन तिमिर छा गया।
दाह उमड़ा उफनकर किसी ओर से !
इसलिए प्यास के घाट पर अनमनी,
बँध गई ज़िन्दगी प्रीत की डोर से !

मौत की मंज़िलें, ज़िन्दगी की डगर
पार करता चला आ रहा मौन हूँ,

रूप के गाँव की अर्चना के लिए
भूलता, याद करता कि मैं कौन है ?
किन्तु मैं कौन हूँ ? इक लहर सिन्धु की
जो न तट पर रुके, औ' न मँझधार में
एक नन्हे विहग की बड़ी प्यास हूँ,
खोजता तृप्ति हूँ, तप्त अंगार में !
मुसकरा दो ज़रा, मैं लगूँ राह पर ;
यूँ न रोको नयन की सजल कोर से !
भाग जलती रहे, पीर पलती रहे
रुक न जाए कहीं मौत का कारवाँ—
इसलिए प्यास के घाट पर अनमनी,
बँध गई ज़िन्दगी प्रीत की डोर से !

अब निभाना प्यार का आ जायगा !

रामावतार त्यागी

आज मेरा गीत पावन गा लिया तुमने,
अब निभाना प्यार का आ जायगा !

गीत में जादू भरा मनुहार का
और मैं युबराज हूँ, मृदु प्यार का ;
हर लता के शीश पर मंगल-कलश
जन्म-दिन-सा मन रहा संसार का ;

मन-समर्पण का सुपथ अपना लिया तुमने,
अब अतिथि उस पार का आ जायगा !
आज मेरा गीत पावन गा लिया तुमने;
अब निभाना प्यार का आ जायगा !

मौन वाणी हो निवेदन भाल पर
स्वप्न धर दो अर्चना के थाल पर;
जब कभी वरदान की आए घड़ी
कामना दे दो नयन से ढाल कर ;

वन्दना के मन्त्र को दुहरा लिया तुमने,
अब समय अभिसार का आ जायगा !
आज मेरा गीत पावन गा लिया तुमने,
अब निभाना प्यार का आ जायगा !

यह उदासी है पराजय का वसन
यह निराशा है जरा का आगमन
यह तपस्या है उमंगों का दमन
यह अनिच्छा कामनाओं का थकन

दृग-सलिल से रूप को नहला लिया तुमने,
अब पहर श्रृंगार का आ जायगा !
आज मेरा गीत पावन गा लिया तुमने,
अब निभाना प्यार का आ जायगा !

हम-तुम कहीं चल दें !

रामेश्वरलाल
खंडेलवाल 'तरुण'

दूर-जैसी चाँदनी में एक नन्ही नाव पर—
हम-तुम कहीं चल दें !

नाव बढ़ती हो थिरकती, हँस रहे हों चाँद-तारे,
जल-लहरियों पर जड़े हों, मोतियां सलमे-सितारे,
यह मरण की भूमितज, सीमित क्षितिज को थार कर—
हम-तुम कहीं चल दे !

मैं तुम्हारे कुन्तलों को सूँघता डाँडें चलाऊँ,
नाव टकराने लगे भुज-कूल में तुमको बचाऊँ,
मधुर दूरागत चिरन्तन रागिनी सुनते अमर—
हम-तुम कहीं चल दें !

हों जहाँ पर नित सुनहले भोर, अंगूरी निशाएँ,
धूप चम्पक-सी, सरल संगीतमय मुकुलित दिशाएँ,
हास में आता जहाँ मधुमास ही सारा उतर—
हम-तुम कहीं चल दें !

मैं चलूँ तुमको सुनाता लौ-पतिंगे की कहानी,
तुम निहारो चाँद-बदली की चुहल, चुपचाप रानी !
शरबती सिलकन पवन में अधर पर धरते अधर—
हम-तुम कहीं चल दें !

तुम चलाओ डाँड, फहरे वस्त्र जालीदार झीना,
चिलचिलाए हार का हीरा, अँगूठी का नगीना,
या उठाते-से तरल उत्ताल लहरों पर लहर—
हम-तुम कहीं चल दें !

रतजगा करते हुए, ले नाव हंसाकार अपनी,
लीन हो जाएँ क्षितिज में—है बसा जिस ओर,
सजनी किरण-कुञ्जों से घिरा संगीत का नीलम नगर—
हम-तुम कहीं चल दें !

दूध जैसी चाँदनी में, एक नन्ही नाव पर—
हम-तुम कहीं चल दें !

भर आए होंगे नयन अकेले में !

रूपनारायण त्रिपाठी

अकुलाए होंगे प्राण अकेले में,
तुमसे लाचार रहा न गया होगा !

तुमको न पीर सोने देती होगी
मन को न कहीं होने देती होगी
सौ बार रुलाया होगा सुधियों ने—
तुमको न लाज रोने देती होगी

भर आए होंगे नयन अकेले में,
जब मन का दर्द कहा न गया होगा !
अकुलाए होंगे प्राण अकेले में,
तुमसे लाचार रहा न गया होगा !

चाँदनी चैत की डहक रही होगी
अमवा की बगिया महक रही होगी
टहनी-टहनी महुआ फूला होगा
कोयल की वंशी बहक रही होगी
तुमसे बेकल तनहाई पर ऐसे—
मौसम का भार सहा न गया होगा !
अकुलाए होंगे प्राण अकेले में,
तुमसे लाचार रहा न गया होगा !
रेशमी छाँव सुरमई फुहारों की
खलती होगी यह रात बहारों की
हर लहर हवा को बेध रही होगी
चुभती होगी मुसकान सितारों की
सपनों की उजड़ी बस्ती में तुमसे,
कोई अवलम्ब गहा न गया होगा !
अकुलाए होंगे प्राण अकेले में,
तुमसे लाचार रहा न गया होगा !

सखि, अब रस बरसै मैं भीजूँ। | विद्यावती 'कोकिल'

भीतर बरसै, बाहर बरसै, दिन बरसै, भर राती
सत्य-लगन की झरी लगी है, रुकती नहीं, न सिराती
जाने किस तरंग पर घर की वस्तु-वस्तु लहराती
द्रव तो बहै सभी कोई जानै, अद्रव बही अब जाती
जग मुझ में सीझा, मैं जग में, तनिक-तनिक कर सीझूँ
सखि, अब रस बरसै मैं भीजूँ !

अब तो जलै मनौ घर-बाहर सारे संग-सँगाती
क्या बतलाऊँ स्थूल जलै तब गति कैसी हो जाती
प्राण-राह के शैल-शिखर बन; झाड़ी रोक न पाती
मुड़कर, झुककर और लचककर मेरी गति बढ़ जाती
पर्वत छीजै, सागर छीजै, मैं न तनिक अब छीजूँ।
सखि, अब रस बरसै मैं भीजूँ !

अंगारों की सेज बिछाकर, है अभिसार रचाया
उस अविकामी और अभोगी को तब कण्ठ लगाया
अंगारे सब फूल बन गए अमर सुवासित काया
जनम-जनम के घाव भर गए अंग-अंग मुसकाया
अब अपने ही राग-रंग पर, बार-बार मैं रीझूँ !
सखि, अब रस बरसै मैं भीजूँ !

उस अनदेखे के स्नेह पर ही मन आज ठगाया
अनछूए स्पर्शों से तन यह रहता सदा नहाया
उसके मिलन-मात्र ने जाने क्या टोना करवाया
जग लगता है बढ़ी-घटी-सी बस अपनी ही छाया।
अपने पर तो स्नेह बहुत है, अब किसपर मैं खीझूँ।
सखि, अब रस बरसै मैं भीजूँ !

अब ऐसी जीवन न मिलेगा ! | विश्वम्भर 'मानव'

जहाँ बुद्धि में बुद्धि, हृदय में—
हृदय हुआ प्रतिबिम्बित,
अश्रु - अश्रु सँग बहे
हुई मुसकान हास से चुम्बित !
प्राण-प्राण का ऐसा रसमय, आकर्षण न मिलेगा !
अब ऐसा जीवन न मिलेगा !

रूप और प्रतिभा के जग में
फूल खिलेंगे अब भी,
मेरी चिन्ता करने वाले
बहुत : मिलेंगे अब भी,
मन को किन्तु समझने वाला, ऐसा मन न मिलेगा !
अब ऐसा जीवन न मिलेगा !

मैंने जिसको रोकर पाया
खोया भी रो-रोकर,
जीवन-पथ पर फिर पाऊँगा
मैं उसको खो - खोकर
मुँहदेखे की किन्तु प्रीति से आश्वासन न मिलेगा !
अब ऐसा जीवन न मिलेगा !

खोई-खोई-सी मधुवन्ती वेला में ! | वीरेन्द्र मिश्र

गन्ध स्वयं जब वीणा छेड़े झूम रही
खोई-खोई-सी मधुवन्ती वेला में
सोया क्यों है तेरा पवन-झकोरा मन
मेरी धड़कन की यशवन्ती वेला में

नील झील में डोल रहा है रंगमहल
पीले बादल वाले सायंकाल का
जल में सोन विहग-जैसा है खेल रहा
कोई सूरज-फूल गगन की डाल का
चंचल सोन-मछलियाँ निरखे झूमतीं
पंछी हाथ न आता रह-रह घूमतीं
नीला अम्बर ताल छलकता झील में
याद शेष रहती तट के कन्दील में

क्यों न गन्धमादन पर आज सवेरा हो
अपनी मनभावन शेवन्ती वेला में !
गन्ध स्वयं जब वीणा छेड़े झूम रही।
खोई-खोई-सी मधुवन्ती वेला में !

वंशी की धुन उठी किसी अँगड़ाई-सी
छिड़ते सप्तक पर कुछ गाकर देख तो
नारंगी सुधियों के क्षण जीने वाले
सतरंगी लहरों का सागर देख तो
जादू-सा है इन्द्रपुरी के देश में
आकांक्षा है तेरे लम्बे केश में
विन्ध्य-राग दुहराता मन का वंश है
तेरा मानसरोवर, मेरा हंस है
जय-जयकार किसीकी तो गूँजेगी ही
इस अनगाई जय-जयवन्ती वेला में !
सोया क्यों है तेरा पवन-झकोरा मन
मेरी धड़कन की यशवन्ती वेला में !

रंग-बिरंगे सपनों के नौमहले में
तू न मिली तो हर लोरी सुनसान है
तू मन के अभिशप्त ध्वस्त चौराहे पर
धूल तले रांगोली का वरदान है
कुहनी धरकर देवदारु की छाँव में
या परिचित बैसवट के जंगल गाँव में

गीत छेड़ दे हर सन्नाटा चीरकर
और तुनुक जा अरमानों की भीड़ पर
मुझपर बौराने दे सोनजुही चितवन
अपनी गीत-भरी विजयन्ती बेला में
गन्ध स्वयं जब वीणा छेड़े झूम रही
खोई - खोई - सी मधुवन्ती वेला में

प्यासे कचनारों को अंजलि में भरकर
जब मैं बिखरा दूँ चूमूँ सीमन्त को
समय जानकर नव पलाश से भर देना
अपने पागल अधरों वाले पन्थ को
धीरे से लजवन्ती आँखें तोलकर
दुलराकर वासन्ती पाँखें खोलकर
उड़ना और उड़ा चलना मन-गेह को
संगमर्मरी उर्वश चूनर देह को
रसवन्ती गागर का मैं अभिषेक करूँ
सिंहासन वाली श्रीमन्ती वेला में !
सोया क्यों है तेरा पवन-झकोरा मन
मेरी धड़कन की यशवन्ती वेला में !
गन्ध स्वयं जब वीणा छेड़े झूम रही।
खोई-खोई-सी मधुवन्ती वेला में !

कुहु-कुहु कुहक रही कोयलिया ! | वीरेन्द्रकुमार जैन

मह-मह महक रहीं मंजरियाँ, कुहु-कुहु कुहक रही कोयलिया !

किरण - चीर केसरिया ओढ़े
नव वसन्त लो आया आया
हेम-पराग उड़ाता दिशि-दिशि
फूलों के रथ पर चढ़ आया
पवन बहे सन्देश-भरा यह
नाम पूछता मनमोहन का
कहीं याद कर रहा आज क्या
कोई संगी जनम-जनम का ?
लौटे क्या मोहन मधुवनियाँ, बाजे राधा की पायलिया !
मह-मह महक रहीं मंजरियाँ, कुहु-कुहु कुहक रही कोयलिया !

अगम देश में कौन बजाता
हाय, वही वंशी दर्दीली
किस पीतम की तिलक-विभा से
हुईं दिशाएँ पीली - पीली ?
किस मुखड़े की यह नीलाभा
गोरी राधा के हिय झलकी ?
वन-वन में हरियाली आभा
उसी मिलन की छलकी-छलकी !

दूर कहीं बाजें खंजरियाँ, छम-छनन गूँजें पैजनियाँ !
कहीं अहीरों की छोहरियाँ, नाचे भर-भर बाँह कन्हैया !
मह-मह महक रहीं मंजरियाँ, कुहु-कुहु कुहक रही कोयलिया !

आज अकेला रहा न जाए
दखिनी पवन जिया डोलाए
लौनी - लौनी कसक-भरी-सी
यह वातास सही ना जाए
रह-रह याद तुम्हारी आए
अन्तर-ज्वाला भू - नभ छाए
वही पलाश - वनों लहराए
आओ; अनजाने मन भाए !

रो-रो रतनारी आँखड़ियाँ, बनीं तुम्हारी कमल-डगरियाँ !
कसक-कसक उठतीं रे छतियाँ, किसे कहूँ मैं मन की बतियाँ ?
मह-मह महक रहीं मंजरियाँ, कुहु-कुहु कुहक रही कोयलिया !

ओ रे ओ, अनचीन्हे वल्लभ,
मेरी ममता के ओ सपने !
इस वासन्ती राका में तुम,
क्या न मिलोगे मेरे अपने ?
दूर मालवा के मेंहदी वन
महकीं सुधियाँ बालापन की
किसी गुर्जरी की चितवन में
लिख जातीं रे पतियाँ मन की

चार तुम्हारा नव चन्दनियाँ, छिड़कूँ हिय की कुंकुम बुँदियाँ !
आज मिलन की अमरित-घड़ियाँ,दिशा-दिशा छिटकी चाँदनियाँ !
मह-मह महक रहीं मंजरियाँ, कुह-कुह कुहक रही कोयलिया !

गीत अधर पर, सुधि सिरहाने ! | श्रीकान्त जोशी

गीत अधर पर, सुधि सिरहाने !

ऊपर घटा जामुनी, नीचे कदम हवा के डिगे, दिवाने
जिसपर ऐसी ऋतु गुज़री हो, वह शायद हमको पहचाने
बिजली चमके, कहा न माने !
गीत अधर पर, सुधि सिरहाने !

गरब किये बैठा सूनापन, और खुला मेरा वातायन
बन्द न कर पाऊँ मैं उठकर, ऐसा बोझ किये मन-वाहन
संज्ञा ही से हुए अजाने !
गीत अधर पर, सुधि सिरहाने !

खुली हुई पलकों के जोड़े, सपन-भरे हैं थोड़े-थोड़े
मौसम भिगो गया है उनको, बिना शब्द की जड़ता तोड़े
कोलाहल बैठा सुस्ताने !
गीत अधर पर, सुधि सिरहाने !

डगमग दो पाँव कहीं ! | श्रीकान्त वर्मा

डगमग दो पाँव कहीं !

चुप्पी अँधियारे की वन-चिड़िया चीर गई।
गन्ध वायु में काँपी पोखर के तोर गई।
पँखुरो से ओस गिरी।
शुकवा की आँख फिरी।
मूर्छित है छाँव कहीं !
डगमग दो पाँव कहीं !

सरिता के बालू-तट लहरों की सन्ध्याएँ।
घाट पर प्रतीक्षा-रत यात्री हम पथराएँ।
कूलों पर गाछ खड़े
शायद कल दीख पड़े—
लहर कहीं, नाव कहीं !
डगमग दो पाँव कहीं !

कुहरे की बाँहों में साँझ के कनेरी वन।
हरुआ-हरुआ बादल, सुधियाँ उन्मन-उन्मन।
कुहरे से पथ घिरते
वंशी के सुर तिरते।
डूब रहा गाँव कहीं !
डगमग दो पाँव कहीं !

रात-भर रातरानी गमकती रही !

श्रीपालसिंह 'क्षेम'

रात-भर चाँदनी गीत गाती रही,
बाँह में चाँद हँसता रहा रात-भर !

कुन्द - घनसार - घन, मंजु आलोक - तन,
एक नवनीत मन, खिल रहा विधु-वदन ;
एक 'मनु' के लिए कान्त 'कामायनी',
जो प्रलय पर हँसी बन सृजन की किरन !
रात-भर एक कादम्ब लहरा किया,
ज्योति का मद बरसता रहा रात-भर !
रात-भर चाँदनी गीत गाती रही,
बाँह में चाँद हँसता रहा रात-भर !

इस लहर से अगर पास आई तनिक
उस लहर से कली दूर कतरा गई;
लाज की ओस में एक पल डूबती,
हास की वीचि पर शीघ्र उतरा गई !
रात-भर रातरानी गमकती रही,
एक सपना महकता रहा रात-भर !
रात-भर चाँदनी गीत गाती रही,
बाँह में चाँद हँसता रहा रात-भर !

भाव की ऊर्मि ने एक जादू किया,
चल पड़ी मुग्ध तारुण्य की ले तरी;
एक मनु-जात की साँस से खेलने,
भूमि पर आ गई स्वर्ग की अप्सरी !

रात-भर काल रुक, द्वार तकता रहा,
व्योम का उर तरसता रहा रात-भर !
रात-भर चाँदनी गीत गाती रही,
बाँह से चाँद हँसता रहा रात-भर !

धूम में मुँह छिपाए रही दीपिका,
रूप फिर-फिर कुमुदिनी सजाती रही;
रात-भर चाँद का मुख मुरझता रहा,
रात-भर तारिकाएँ लजाती रहीं !

रात-भर एक माथा दमकता रहा
एक तारा चमकता रहा रात-भर !
रात-भर चाँदनी गीत गाती रही,
बाँह में चाँद हँसता रहा रात-भर !

प्राण छूती रहीं चितवनें पूनमी,
भुज हमारे लहरते रहे सागरी;
रात-भर प्यास के कण्ठ डूबे रहे,
रस पिलाती रही रूप की गागरी !

रात-भर स्रोत-पीयूष पीते रहे,
'सरगमी' स्वर लहरता रहा रात-भर !

रात-भर चाँदनी गीत गाती रही,
बाँह में चाँद हँसता रहा रात-भर !

गुदगुदाती रहीं वायु की उँगलियाँ,
रात-भर चाँदनी खिलखिलाती रही;
डगमगाए अधर के शलभ रात-भर,
लाज की दीपिका झिलमिलाती रही !
रात-भर प्राण निरखा किये नैन बन;
नींद का मन बहकता रहा रात-भर !
रात-भर चाँदनी गीत गाती रही,
बाँह में चाँद हँसता रहा रात-भर !

एक तन, एक मन, एक थे प्राण-स्वन,
एक लय, फिर वहाँ पर विषम कौन हो ?
भूमि कँपती रही, द्वार झूमा किये
स्वप्न डूबी प्रकृति सुन रही मौन हो !
रात-भर रात की बीन बजती रही,
एक संगीत बहता रहा रात-भर !
रात-भर चाँदनी गीत गाती रही,
बाँह में चाँद हँसता रहा रात-भर !

मेरा चाँदनी से प्यार ! | शम्भुनाथ 'शेष'

चाँद मुझसे दूर, मेरा चाँदनी से प्यार !

दूर हैं प्रिय इन दृगों से, दूर प्रिय आकाश,
दूर अन्तर-साध की छवि, दूर है मधुमास;
दूर है मधु-पर्व की श्री, दूर है उल्लास;
किन्तु इस आकुल हृदय में, जागरित विश्वास !
बीन मुझसे दूर, मेरा रागिनी से प्यार !
चाँद मुझसे दूर, मेरा चाँदनी से प्यार !

चढ़ नहीं सकता शिखर पर, क्लान्त मेरे प्राण,
ये नयन ही कर रहे, उस रूप का आह्वान;
सुधि जहाँ प्रिय की जगी, वह भूमि स्वर्ग समान,
क्यों न प्राणों में बसा लूँ, नाम की पहचान !
शैल मुझसे दूर, मेरा निर्झरी से प्यार !
चाँद मुझसे दूर, मेरा चाँदनी से प्यार !

बन चुकी है दृष्टि का धन, वह सलज मुसकान,
रश्मियों का ज्यों स्वतः धरती करे सम्मान;
अश्रु-मुक्ता-माल नभ का बन रही सोपान,
बिछ रहे तारे पगों में, धन्य सात्त्विक ध्यान।
प्रात मुझसे दूर, मेरा यामिनी से प्यार !
चाँद मुझसे दूर, मेरा चाँदनी से प्यार !

दे रहा कण-कण किसीके रूप का आभास,
स्निग्ध अन्तर-भावना, अनुभूतियों की रास,
अर्चना अनुराग-रंजित, प्रार्थनामय श्वास;
साधना का दीप, ज्योतित है अचल विश्वास।
मूर्ति मुझसे दूर, मेरा आरती से प्यार !
चाँद मुझसे दूर, मेरा चाँदनी से प्यार !

टेर रही प्रिया, तुम कहाँ ? | शम्भूनाथसिंह

टेर रही प्रिया, तुम कहाँ ?

किसकी यह छाँह, और किसके ये गीत रे ?
बरगद की छाँह, और चैता के गीत रे !
सिहर रहा जिया, तुम कहाँ ?
टेर रही प्रिया, तुम कहाँ ?

किसके ये काँटे हैं, किसके ये पात रे ?
बेरी के काँटे हैं, केले के पात रे !
बिहर रहा हिया, तुम कहाँ ?
टेर रही प्रिया, तुम कहाँ ?

कौन-से टिकोरे ये, किसके ये फूल रे !
आम के टिकोरे ये, महुए के फूल रे !

बिरम गए पिया, तुम कहाँ ?
टेर रही प्रिया, तुम कहाँ ?

किसकी ये आँखें हैं, किसकी यह रात रे ?
बिरहिन की आँखें हैं, मावस की रात रे !
बुझता यह दिया, तुम कहाँ ?
टेर रही प्रिया, तुम कहाँ ?

कभी था किसीने पुकारा हमें भी

शांतिस्वरूप 'कुसुम'

मृदुल चाँद - तारों - जड़ी यामिनी में
उमंगों उमीदों - भरी रागिनी में
उठाकर शराबी-शराबी निगाहें—
सलोने - सलोने निहारा हमें भी !
कभी था किसीने पुकारा हमें भी !

अनोखी कहानी चली जा रही थी
जवानी कि जैसे छली जा रही थी
उठा एक तूफ़ाँ क़दम डगमगाए—
मगर मिल गया था किनारा हमें भी !
कभी था किसीने पुकारा हमें भी !

अधर पर तराने, नयन में हँसी थी
बड़े बेख़बर थे, बड़ी बेबसी थी
बजा बीन नूतन नई ज़िन्दगी की—
नई सरगमों पर उतारा हमें भी !
कभी था किसीने पुकारा हमें भी !
न मैं स्वप्न कोई कहीं मानता हूँ
मगर प्यार का मन मुखर जानता हैं
उठा राह में बाँह दोनों किसीने—
दिया चाह का था सहारा हमें भी
कभी था किसीने पुकारा हमें भी !

पर आँखें नहीं भरीं ! | शिवमंगलसिंह 'सुमन'

कितनी बार तुम्हें देखा, पर आँखें नहीं भरीं !

सीमित उर में चिर-असीम सौन्दर्य समा न सका
बीन - मुग्ध - बेसुध - कुरंग - मन रोके नहीं रुका
यों तो कई बार पी-पीकर जी भर गया छका,
एक बूँद थी किन्तु, कि जिसकी तृष्णा नहीं मरी !
कितनी बार तुम्हें देखा, पर आँखें नहीं भरीं !

कई बार दुर्बल मन, पिछली कथा भूल बैठा
हार पुरानी, विजय समझकर इतराया, ऐंठा
अन्दर - ही - अन्दर था लेकिन एक चोर पैठा,
एक झलक में झुलसी मधु-स्मृति फिर हो गई हरी !
कितनी बार तुम्हें देखा, पर आंखें नहीं भरीं !

शब्द, रूप, रस, गन्ध तुम्हारी कण-कण में बिखरी
मिलन-साँझ की लाज सुनहरी ऊषा बन निखरी
हाय, गूँथने के ही क्रम में कलिका खिली, झरी,
भर-भर हारी, किन्तु रह गई रीती ही गगरी !
कितनी बार तुम्हें देखा, पर आँखें नहीं भरीं !

मुझे तू सोने मत देना ! | सियारामशरण गुप्त

अरे ओ, मेरे मन के शूल, मुझे तू सोने मत देना !
अलसता के झोंकों में झूल, अचेतन होने मत देना !

श्रान्त दिन गया, चला जावे
विहग - कुल लौट नीड़ आवे
तमिस्रा तम - ही - तम लावे
मुझे क्या, तू तो है अनुकूल
अरे ओ, मेरे मन के शूल, मुझे तू सोने मत देना !
अलसता के झोंकों में झूल, अचेतन होने मत देना !

बुझ गई दीपावलि मेरी
रात ने भी करवट फेरी
हुई क्या सचमुच ही देरी
झड़ रहे इस माला के फूल
अरे ओ, मेरे मन के शूल, मुझे तू सोने मत देना !
अलसता के झोंकों में झूल, अचेतन होने मत देना !

अचानक आ जावें जब वे
सजग ही पावें दृग तब ये
मिलूँ मैं ही आगे सबसे
पदों पर लोटूँ सुध - बुध भूल
अरे आओ, मेरे मन के शूल, मुझे तू सोने मत देना !
अलसता के झोंकों में झूल, अचेतन होने मत देना !

अब गीतों को दुलराती हूँ ! | सुमित्राकुमारी सिनहा

मैं तुम्हें नहीं, अब गीतों को दुलराती हूँ !

तुम न समाए जब सपनों के वरदानों में
तुम न समाए जब अकुलाए आह्वानों में
मैं तुम्हें न, अब गीतों के हाथ पकड़ लेती
औ' अटकी-भटकी राहों में हो आती हूँ !
मैं तुम्हें नहीं, अब गीतों को दुलराती हूँ !

मैं स्नेह-भिगोई बाती से ये प्राण जला
पथ-अँधियारी को सदा बहाऊँगी पिघला
उस आश्वासन की नाव बनाकर गीतों की
मैं स्वयं बही-सी पास तुम्हारे आती हूँ !
मैं तुम्हें नहीं, अब गीतों को दुलराती हूँ !

अब बसी प्यार की ललक हृदय में लगती है
सुन्दरता मेरी आँखों में ही जगती है
अब मन की बाँहें तन न घेरती स्वर का हैं
मैं उन्हीं स्वरों को गीतों में दुहराती हूँ !
मैं तुम्हें नहीं, अब गीतों को दुलराती हूँ !

यह बिछुड़न जग में मधुर मिलन लौटा लाए
इस स्तब्ध उदासी पर अब हँसी-खुशी छाए
पूजन-वेला अब बीत गई, पट बन्द हुए
देहरी पर मैं गीतों को शीश नवाती हूँ !
मैं तुम्हें नहीं, अब गीतों को दुलराती हूँ !

तुम आती हो ! | सुमित्रानंदन पन्त

नव अंगों को शाश्वत मधुमास लुटाती हो !
बजते निःस्वर नूपुर छम-छम,
साँसों में थमता स्पन्दन-क्रम

तुम आती हो,
अन्तस्तल में शोभा-ज्वाला लिपटाती हो !

अपलक रह जाते मनोनयन,
कह पाते मर्म कथा न बयन
तुम आती हो,
तन्द्रिल मन में स्वप्नों के मुकुल खिलाती हो !

अभिमान अश्रु बनता झर-झर,
अवसाद मुखर रेस का निर्झर,
तुम आती हो,
आनन्द- शिखर, प्राणों में ज्वार उठाती हो !

स्वर्णिम प्रकाश में गलता तम,
स्वर्गिक प्रतीति में ढलता भ्रम,
तुम आती हो,
जीवन - पथ पर, सौन्दर्य रहस बरसाती हो !

जगता छाया वन में मर्मर,
कँप उठती रुद्ध स्पृहा थर-थर
तुम आती हो,
उर - तन्त्री में, स्वर मधुर व्यथा भर जाती हो !

यह घायल कर जाने के दिन ! | सुरेन्द्र तिवारी

यह घायल कर जाने के दिन,
हँस-हँसकर मर जाने के दिन !

जिसको दर्शन समझा, हारा
वह बतला गया अचानक ही
मुसकाकर टूटा जो तारा
यह बनकर मिट जाने के दिन,
यह मिटकर मुसकाने के दिन !
यह घायल कर जाने के दिन,
हँस-हँसकर कर जाने के दिन !

सुन रहा पुरवाई का गीत
गा रही जो धीमे-धीमे
तुम्हारी तरुनाई का गीत
यह गीत नये गाने के दिन,
यह तुमको अपनाने के दिन !
यह घायल कर जाने के दिन,
हँस-हँसकर मर जाने के दिन !

मुसकाती कलियों से पूछो
जल चुके हज़ारों फूल जहाँ
उन उजड़ी गलियों से पूछो

यह खिलकर झर जाने के दिन
यह झरकर खिल जाने के दिन !
यह घायल कर जाने के दिन,
हँस-हँसकर मर जाने के दिन !
कितने सुन्दर तुम, जाना तब
उस रोज़ अचानक कहकर कुछ
शरमाकर मुसकाए तुम जब
यह हरदम मुसकाने के दिन,
कुछ कहकर शरमाने के दिन !
यह घायल कर जाने के दिन,
हँस-हँसकर मर जाने के दिन !
जब से तुम हो मुझको सपना
दुनिया - भर में ढूँढ़ा मैंने
कोई न मिला मुझको अपना
यह ख़ुद में खो जाने के दिन
शायद पथ भरमाने के दिन
यह घायल कर जाने के दिन,
हँस-हँसकर मर जाने के दिन !

माँग के सिन्दूर की सौगन्ध तुमको ! | सोम ठाकुर

लौट आओ, माँग के सिन्दूर को सौगन्ध तुमको,
नयन का सावन निमन्त्रण दे रहा है !

आज बिसराकर तुम्हें कितना दुखी मन,
यह कहा जाता नहीं है,
मौन रहना चाहता, पर बिन कहे भी
अब रहा जाता नहीं है
मीत, अपनों से बिगड़ती है,
बुरा क्यों मानती हो !
लौट आओ प्राण, पहले प्यार की सौगन्ध तुमको,
प्रीत का बचपन निमन्त्रण दे रहा है !

रूठता है रात से भी चाँद कोई,
और मंज़िल से चरन भी,
रूठ जाते डाल से भी फूल अनगिन,
नींद से गीले नयन भी,
बन गई है बात कुछ ऐसी
कि मन में चुभ गई, तो—
लौट आओ मानिनी, है मान की सौगन्ध तुमको,
बात का निर्धन निमन्त्रण दे रहा है !

चूम लूँ मंज़िल—यही मैं चाहता पर,
तुम बिना पग क्या चलेगा,
माँगने पर मिल न पाया स्नेह,
तो यह प्राण - दीपक क्या जलेगा,
यह न जलता किन्तु आशा
कर रही मजबूर इसको—

लौट आओ, बुझ रहे इस दीप की सौगंध तुमको,
ज्योति का कन-कन निमन्त्रण दे रही है !

दूर होती जा रही हो तुम लहर-सी,
है विवश कोई किनारा,
आज पलकों में समाया जा रहा है,
सुरमई आँचल तुम्हारा,
हो न जाएँ आँख से
ओझल महावर और मेंहदी,
लौट आओ, सतरँगे सिंगार की सौगन्ध तुमको,
अनमना दर्पण निमन्त्रण दे रहा है !

कौन-सा मन हो चला ग़मगीन
जिससे सिसकियाँ भरतीं दिशाएँ,
आँसुओं का गीत गाना चाहती हैं
पीर से बोझिल घटाएँ,
लो घिरे बादल, लगीं झड़ियाँ,
मचलतीं बिजलियाँ भी,
लौट आओ, हारती मनुहार की सौगन्ध तुमको,
भीगता आँगन निमन्त्रण दे रही है !
लौट आओ, माँग के सिन्दूर की सौगन्ध तुमको,
नयन का सावन निमन्त्रण दे रहा है !
यह अकेला मन निमन्त्रण दे रहा है !

नयनों को रेशम-डोरी से ! | सोहनलाल द्विवेदी

मत गूँथो मेरा हीरक-मन, अपनी कोमल बरजोरी से
नयनों की रेशग-डोरी से !

रहने दो इसको निर्जन में,
बाँधो मत, मधुमय बन्धन में
एकाकी ही है भला यहाँ, निठुराई की झकझोरी से !
नयनों की रेशम-डोरी से !

अन्तरतम तक तुम भेद रहे
प्राणों के कण-कण छेद रहे
मत अपनेपन में कसो मुझे, इस ममता की गँठजोरी से !
नयनों की रेशम-डोरी से !

निष्ठुर न बनो मेरे चंचल !
रहने दो कोरा ही अंचल
मत अरुण करो हे तरुण किरण, अपनी करुणा की रोरी से !
नयनों की रेशम-डोरी से !

मत गूँथो मेरा हीरक-मन, अपनी कोमल बरजोरी से !

तेरी बड़ी याद आती है ! | हंसकुमार तिवारी

कजरारे घन-नयन पसारे
इन्द्र-धनुष की भौंह सँवारे
रुनझुन रिमझिम की पग-पायल
पी-पी प्राण-पपीहा टेरे
विद्युत्-विकल कटाक्ष शून्य-सागर में जब लहरें भर लाती
तेरे नलिन-विलोचन की मुक्ता की झड़ी याद आती है !
तेरी बड़ी याद आती है !

एक बूँद जीवन की याचक
कब से प्यासा मरता चातक
जी भर रहा बरसता बादल
होती रही सजलता दाहक
दिल में दाग़ लिए इस दुःख का शरच्चन्द्र नभ में जब आता
तेरे कनक-भाल पर कज्जल-बिन्दी जड़ी याद आती है !
तेरी बड़ी याद आती है !

राधा के प्रिय मनमोहन-सा
हँसता शशि का सम्मोहन आ
शेफाली-सा चू-चू पड़ता
सपनों का वैभव लोचन का
विकच कुमुद-नयनों में रजनी शबनम के मोती रख देती
तेरे मुख-मयंक की छूटी मृदु फुलझड़ी याद आती है !
तेरी बड़ी याद आती है !

किसी अतनु से सहसा छूकर
प्रकृति प्रिया का यौवन सस्वर
बरबस फूलों में खिल आता
चिर गोपन अन्तरतम बाहर
सँजराए आमों पर कोयल को जब जलन गीत बन जाता
तेरे अरुण पलाश अधर की टूटी कड़ी याद आती है !
तेरी बड़ी याद आती है !

ले बलिदान शलभ का अनगिन
जलती शिखा दीप की अमलिन
इसी अकथ पीड़ा में तप-तप
बन जाती जब विभावरी दिन
कोमल कमल-हृदय फट जाता, कनक किरण-कन्याएँ हँसतीं
मेरी विवश व्यथा, तेरी हँसती छवि खड़ी याद आती है !
तेरी बड़ी याद आती है !

दिन का ध्यान रात का सपना
जीने का दो सम्बल अपना
तेरी विरह-व्यथा में तिल-तिल
इस जीवन-कंचन का तपना
श्वासों के पहरुए बिठाकर प्राणों में जगती है धड़कन
सुधि से दूर रह सकूँ ऐसी एक न घड़ी याद आती है !
तेरी बड़ी याद आती है !

दिल मिलाना है कठिन ! | हरिकृष्ण 'प्रेमी'

है सरल नज़रें मिलाना, दिल मिलाना है कठिन !
जोड़ने को जोड़ लेते, स्नेह का सम्बन्ध सब,
किन्तु दुख-सुख में सदा नाता निभाना है कठिन !
है सरल नज़रें मिलाना, दिल मिलाना है कठिन !
आग लगती ज़िन्दगी में, झेलते मजबूर हो,
दीप-से जलकर निरन्तर, मुसकराना है कठिन !
है सरल नज़रें मिलाना, दिल मिलाना है कठिन !
वार मानव ने सहे हैं, और सह लेगा बहुत,
बेदना कवि की तरह सह, गुनगुनाना है कठिन !
है सरल नज़रें मिलाना, दिल मिलाना है कठिन !
दिल्लगी में आग दिल में, वह लगाकर चल दिए,
पर उन्हें भी आग दिल की, अब बुझाना है कठिन !
है सरल नज़रें मिलाना, दिल मिलाना है कठिन !

नशीला चाँद आता है ! | हरिनारायण व्यास

नशीला चाँद आता है
नयापन रूप पाता है
सवेरे को छिपाती रात अञ्चल में
झलकती ज्योति निशि के नैन के जल में
मगर फिर भी उजेला छिप न पाता है—

बिखरकर फैल जाता है !
नशीला चाँद आता है !
तुम्हारे साथ हम भी लूट लें ये रूप के गजरे
किरण के फूल से गूँथें यहाँ पर आज जो बिखरे
इन्हीं में आज धरती का सरल मन खिलखिलाता है
नशीला चाँद आता है !
नयापन रूप लाता है !
छिपे क्या हो, इधर आओ, भला क्या बात छिपने की ?
नहीं फिर मिल सकेगी यह नशीली रात मिलने की !
सुनो कोई हमारी बात गर तुमको सुनाता है—
मिलाकर गीत की कड़ियाँ—
हमारे मन मिलाता है
नशीला चाँद आता है !

प्रेयसि की मनुहार कहाँ है ? | क्षेमचन्द्र 'सुमन'

अरे, बता दो खोया मेरा, सत्, शिव, सुन्दर प्यार कहाँ है ?
और रुपहली रातों की, वह प्रेयसि की मनुहार कहाँ है ?
याद मुझे हैं बीती घड़ियाँ,
जिनमें मादकता सोती थी
प्रेयसि के पग के कम्पन से,
पायल की रुन-झुन होती थी

आह पुलक, चुम्बन से संयुत, सपनों का अभिसार कहाँ है ?
अरे बता दो खोया मेरा, सत्, शिव, सुन्दर प्यार कहाँ है ?

जब मैं यौवन के मधुवन में,
नव उल्लास किए था आया
अपने अन्तर का सब-कुछ दे,
बदले में कम्पन था पाया
चंचल उस छवि की घातों से पीड़ित वह संसार कहाँ है ?
अरे, बता दो खोया मेरा, सत्, शिव, सुन्दर प्यार कहाँ है ?

मेरी वह प्रिय चाह नशीली
निर्जन में गुप-चुप रोती है
आँसू के खारे पानी से,
पीड़ा के छाले धोती है
जो मानस की तपन मिटा दे, शीतल वह उपचार कहाँ है ?
अरे, बता दो खोया मेरा, सत्, शिव, सुन्दर प्यार कहाँ है ?

अब बाकी कुछ चाह नहीं है,
अपने में घुट-घुट मरने की
अब तो चाह बची है केवल,
सूने में आहें भरने की
अश्रु-व्यथा से पीड़ित मेरी वीणा का वह तार कहाँ है ?
अरे, बता दो खोया मेरा, सत्, शिव, सुन्दर प्यार कहाँ है ?
और रुपहली रातों की वह, प्रेयसि की मनुहार कहाँ है ?

○ ○ ○